花的圆舞曲

はなのワルツ

[日] 川端康成 著
谢志宇 魏大海 译

青岛出版集团
青岛出版社

川端康成

作品精选

魏大海 主编

花的圆舞曲

はなのワルツ

[日] 川端康成 著
谢志宇 魏大海 译

青岛出版集团 | 青岛出版社

图书在版编目（CIP）数据

花的圆舞曲 /（日）川端康成著；谢志宇，魏大海译.—青岛：青岛出版社，2023.1
（川端康成作品精选/魏大海主编）
ISBN 978-7-5736-0494-1

Ⅰ.①花… Ⅱ.①川…②谢…③魏… Ⅲ.①中篇小说—小说集—日本—现代 Ⅳ.①I313.45

中国版本图书馆CIP数据核字（2022）第184337号

丛 书 名	川端康成作品精选
丛书主编	魏大海
本册书名	HUA DE YUANWUQU 花的圆舞曲
著 者	[日]川端康成
译 者	谢志宇　魏大海
出版发行	青岛出版社
社 址	青岛市崂山区海尔路182号（266061）
本社网址	http://www.qdpub.com
邮购电话	0532-68068091
策 划	杨成舜　王　伟
责任编辑	王　伟　王婧娟
装帧设计	今亮后声·核漫
封面插画	尔凡文化·秦国栋
照 排	青岛新华出版照排有限公司
印 刷	青岛新华印刷有限公司
出版日期	2023年1月第1版　2023年1月第1次印刷
开 本	32开（889 mm×1194 mm）
印 张	8
字 数	160千
印 数	1—6000
书 号	ISBN 978-7-5736-0494-1
定 价	45.00元

编校印装质量、盗版监督服务电话：4006532017　0532-68068050
上架建议：日本文学·小说·畅销

译序

1968年12月10日,瑞典学院常务理事安德斯·奥斯特林发表诺贝尔文学奖颁奖词:

——本年度诺贝尔文学奖的获奖者是日本的川端康成先生。

——川端康成先生的叙事笔调中,有一种纤巧细腻的诗意。溯其渊源,出自11世纪日本的紫式部所描绘的包罗万象的生活场景和风俗画面。

——川端康成先生以擅长观察女性心理而备受赞赏。……我们可以发现其辉煌而卓越的才能、细腻而敏锐的观察力、巧妙而神奇的编织故事的能力,描写技巧在某些方面胜出了欧洲文坛。

——川端先生的获奖有两点重要意义:其一,川端以卓越的艺术手法,表达了具有道德伦理价值的文化思想;其二,川端先生在架设东方与西方之间的精神桥梁上做出了贡献。

——这份奖状旨在表彰其以敏锐的感受性和高超的叙事技巧表现了日本人的心灵精髓。

目前，国内文坛掀起了新一轮"川端康成热"。译序开篇，先介绍日本著名作家和文学理论家对川端的评价。

评论家伊藤整认为，将丑转化为美乃是川端作品的一大特性。"残忍的直视看穿了丑的本质，最后必然抓住一片澄澈的美，必须向着丑恶复仇"，这是川端的"力量所在"。川端康成的两种特质有时会"在一种表现中重叠"，有时会获得更大的成功。伊藤整说："在批评家眼中，二者的对立无法调和，却可通过奇妙的融合使二者有机地结为一体。……唯有川端拥有那种无与伦比的能力，抵达真与美的交错点。"伊藤整又说"由此可见这位最爱东方经典的作家的心路历程"。川端康成在文学史上的意义在于，一方面他是"在马克思主义与现代主义对立、交流中"获得成功的批评家，另一方面"他又脱离了当时的政治文学和娱乐文学两方面，继承并拯救了大正文坛创发的体现人性的文学"。

三岛由纪夫则将川端称作"温情义侠"，说他从不强买强卖推销善意，对他人不提任何忠告，只是让人感受"达人"般"孤独"的"自由自在的生活方式"。同时，川端的人生全部是在"旅行"，他也被称作"永远的旅人"。川端的文学也反映出川端的人生态度。三岛由纪夫对川端的高度评价是，近代作家中唯川端康成一人"可体味中世文学隐藏的韵味，即一种绝望、终结、神秘以及淡淡的情色,他完全将之融入了自己的血液"。三岛说"温情义侠"川端与伪善无缘。普通人很难达到此般"达人"的境界。川端重视人与人之间的和谐,与世无争且善于社交,所以他还被称作"文坛的总理大臣"。

著名文学史评论家中村光夫则说,横光利一体现的是"阳",属于"男性文学",其文学的内在戏剧性在《机械》中明显表征为"男性同志的决斗";而川端康成体现的则是"阴",属于"女性文学"。在某种意义上,横光具有积极的"进取性",终生在不毛之地进行着艰苦的努力,"有人说他迷失在了自己的文学里";相比之下,川端学习了"软体动物的生存智慧",看似随波逐流,却成功地把"流动力"降到最低限度。中村光夫认为,川端康成作为批评家亦属一流,因此总能看透文坛动向的实质,继而在面对时代潮流时显现为一种逃避的态度,实际上却尤为切实地耕耘着自己脚下的土地。

如上十分精辟的评价,为我们描摹了一幅顶级作家的画像。下面我简单梳理一下川端康成的创作经历。1932年,川端以自己过往痛苦的失恋经历为题材,在《中央公论》上发表了《抒情歌》。1933年2月,《伊豆舞女》初次被拍成了电影(五所平之助导演)。同年9月10日,川端的画家好友古贺春江过世。同年10月,与小林秀雄、武田麟太郎、深田久弥、宇野浩二、广津和郎等一起成为《文学界》在文化公论社的创刊同人，旨在推动文艺复兴。后来《文学界》同人中又增加了横光利一、里见弴等。在暗郁的时代风潮和大众文学的泛滥中，他要维护纯文学的自由与权威并推动其发展。同年12月，川端在《文艺》杂志上发表了他的随笔《临终之眼》。这个时期川端作品的主题跟芥川龙之介的认知相关。芥川在其遗书中写道："'临终之眼'亦即死的念头始终萦绕于心。"川端康成在《临终之眼》中写道："我要把人妖魔化，却并未玩弄'奇术'。我描绘的是心中的叹息和战斗的现场。人们将之称作什么，我无从得知。"

1934年6月初，川端访新潟县南鱼沼郡的汤泽町，之后再访高半旅馆幽会十九岁的艺伎松荣，并以此为契机执笔连载小说《雪国》。1935年1月开始在几个杂志上连载《雪国》。同月芥川奖和直木奖创设，川端康成和横光利一同担任"芥川奖"评委。1936年1月至5月五次到越后汤泽，继续《雪国》的创作。1947年10月在《小说新潮》上发表《续雪国》，历时十三年终于完成了《雪国》的创作。

1948年5月，开始刊行《川端康成全集》（全十六卷），在各卷的"后记"中川端开始回顾自己五十年的人生（1970年将这些"后记"结集为《独影自命》刊行）。也是5月，他以中学时代的日记为素材，连载回顾过去的小说《少年》。同年6月，川端继志贺直哉之后就任日本笔会第四任会长。11月旁听了东京审判的判决。1949年5月，开始断续发表其战后代表作之一的《千鹤》；同年9月开始陆续发表《山音》各章。后者描写战后的一家人，留有色彩浓重的战争伤痕。有观点称，《山音》是日本战后文学的巅峰之作。从这一时期开始，川端的创作活动十分充实，这是他进入作家生涯的第二个多产期。同月，在意大利威尼斯国际笔会第二十一届大会上，川端作为日本笔会会长致辞——《和平没有国境线》。

1954年3月就任新设立的新潮社文学奖评委；4月在筑摩书房出版了单行本《山音》，之后据此获得了第七届野间文艺奖。从《山音》发行的同年1月开始，川端在《新潮》杂志上连载了长篇小说《湖》。这部作品备受瞩目，理由是采用了新颖的超现实手法进行心理描写，展示了"魔界"意象，有观点称这部实验性作品衔接之前创作的《水晶幻想》和之后的《睡美人》。从同年5月开始，《中部日本新闻》等开始连载《东京人》。这是川端唯一的超长篇小说，上下两卷约八十万字。从1956年1月起，《川端康成选集》（全十卷）由新潮社发行。

川端康成也是日本"新感觉派"文学的代表作家，20世纪初与横光利一联袂创刊《文艺时代》杂志，借鉴西方的先锋派文学，创立了日本的"新感觉派"文学。在欧洲达达主义的影响下，在以"艺术革命"为指向的前卫运动的触发下，《文艺时代》成为昭和文学的两大潮流之一（另一潮流是同年6月由无产阶级文学同人创刊的《文艺战线》）。但在日本文坛，"新感觉派"文学只是一个短暂的文学现象。后期川端作品更多体现的是日本式的唯美主义特征，小说富于诗性、抒情性，也有庶民性色彩浓重的作品，且川端有"魔术师"之谓，即衍化、发展了少女小说等样式。后期川端的许多作品追求死与流转中的"日本美"，有些将传统的连歌融合前卫性，逐渐确立起融合传统美、魔界、幽玄和妖美的艺术观和世界观。他默然凝视，对人间的丑恶、无情、孤独与绝望有透彻的认识，在此基础上不懈探究美与爱的转换，将诸多名作留在了文学史上。当然，川端康成后期的创作与"新感觉派"式的创作方法和文学理念并非全无瓜葛。

1930年，川端康成加入由中村武罗夫等人组成的"十三人俱乐部"，俱乐部成员自称"艺术派十字军"。同年11月，他在《文学时代》上发表《针与玻璃与雾》，受乔伊斯影响，采用了新心理主义的"意识流"手法。1931年1月，他在《改造》杂志上发表采用相同手法的《水晶幻想》，灵活运用了时间、空间无限定的多元化表现，体现了实验性作品应有的高度。

以上川端的经历并非依照正常的时序，而是想到了便信手拈来。1914年5月25日凌晨2时，与川端康成相依为命的祖父逝世。高慧勤主编的"十卷本"序中，对此有过精到的解读。祖父有志于中国的风水学和中药研究，却未能实现在世间推广的志向。祖父的喜好与过世，对川端的性格形成乃至文学特征都有影响。《十六岁的日记》写于祖父患病卧床期间，其定定看人（默然凝视）的习惯，据说亦与常年伴随因白内障失明的祖父生活相关。

下面该说说本"精选集"中选录的重要作品。

川端康成最重要的作品自然是《雪国》，它也被称作昭和时期日本文学代表性的长篇小说之一。作品主人公是名叫岛村的中年男子，他离开妻子所在的东京，去长长隧道的另一侧的雪国温泉村，并遇见了艺伎驹子。故事情节的展开，历来被认为是一种所谓"异界"（如"桃源乡""幽界""日本的故乡"等）探访的故事。但雪国温泉村并非是与东京隔离的异乡，而是同样具有近代侧面的去处，驹子毕竟是现实中的女性。不如说川端康成是以"非现实"的唯美手法把握了雪国温泉村、驹子和叶子等。《雪国》的重要特征在于叙事与表现的特殊关系。故事序章中川端以"电影重叠"的手法展现了火车玻璃窗上的叶子映象，结尾则描述了"电影胶卷"引发的雪中火灾。总之，与电影的密切关联，据说在"日本的""传统的"印象中凸显了现代主义的侧面。

精选集中另一部名作《睡美人》，被三岛由纪夫称作"颓废文学的逸品"。这部川端文学后期代表性的中篇小说关注的是老年人的生理与心理状态，绝非海淫海盗之作。

日本学者原田桂关于《湖》的解读具有启示性。她说，值得一提的是，现行版通过截断、删除末尾到开头的圆环，使主人公面对的问题无法通过闭环时间轴得到解决，而刻意通过作者之手形成未完的状态，使读者一同置身于永无终止的深渊。这种深渊正是解读"孤儿根性""万物一如"的川端文学的主题——魔界——的一个路径。

短篇名作《伊豆舞女》最初发表在《文艺时代》1926年1月、2月号上。当初并未引起巨大反响，后来却六次被拍成电影，作者也说是自己"特别喜爱的作品"。该作的情节、手法相对简单，被称作"20世纪日本代表性的青春爱情小说"。

前面提到，《山音》是川端康成非常特异的作品。评论家山本健吉称该作是"战后文学最高杰作之一、川端文学的最高峰"。正如一些研究者反复强调的那样，《山音》也是一部平静的"再生"物语。毫无疑问，与《睡美人》一样，《山音》着意表现的也是特殊背景下老年男性面对衰颓和死亡的心理以及情感状态。

纳入本精选集中的《千鹤》和《舞姬》，亦为战后的长篇小说，分别以茶道和芭蕾舞这种对照性的技艺为主题，描写了战争和战败带来的父权及家庭的瓦解，或者说是战前即已显露端倪的瓦解状态的表面化。与《雪国》的文体有所差异的是，《千鹤》充满了对四季风景和人物举止的详尽描写，对人物的心理、行为的洞察亦细腻超凡。茶具、痦子、雪子包袱皮上的千鹤图案等，各种元素都具象征性。有人说可以感知到古典名著《源氏物语》的影响及"二人合一"的"二重体女像"设置。另外《千鹤》还有名为《碧波千鸟》的续篇，该作品从1953年4月到12月连载于《小说新潮》上。怎样把握《千鹤》与《碧波千鸟》的关系，一直有很大的争议。

据川端称，《舞姬》也是未完之作。文体上与《千鹤》不同的是,《舞姬》深入到了复数人物的精神世界。三岛由纪夫曾指出,关注川端的人们需反复阅读的作品应该包括《抒情歌》(《中央公论》1932年2月)。这部小说具有神秘性,作品中人物向着已为故人的"你"诉说。川端认为佛经之类也是可贵的抒情诗。而作为诺贝尔文学奖参评作品之一的《古都》,则是川端最后的报载小说。《古都》写了一对孪生姊妹的命运及悲欢离合。小说开篇写到寄生于老枫树上的两株紫花地丁。两株花分别长在老树两个相隔不远的树洞中,象征了双胞胎姐妹的命运:一个是苗子,留在山中含辛茹苦;另一个是千重子,是养父母的掌上明珠。两人都是善良、优美、纯洁的少女。《古都》的情节相对简单。战后的《彩虹几度》,也是将京都作为故事的主要舞台。

另一部特异的作品《名人》(《后记·吴清源棋谈·名人》,1954年)经十六年加工修改完成,跨越战时和战后岁月,也是堪与《雪国》相提并论的代表作。1938年,本因坊秀哉"名人"与木谷实"七段"(作品中为大竹"七段")对弈,后川端以《本因坊名人引退围棋观战记》为题,连载作品于《东京日日新闻》和《大阪每日新闻》(1938年7月23日到12月28日)。其后,川端康成强烈"希望有机会将之改写为小说"(《独影自命》),后经中断、分期连载、加工和修改,完成了现在的《名人》。这部作品有四十一章和四十七章两个版本。本精选集采用的是四十七章的版本。最后,在此次面世的《川端康成作品精选》中,第九卷是短篇小说集,收录的重要作品有《少年》《十六岁的日记》《招魂祭一景》《女人的梦》等，第十卷为评论随笔集，收录《文学自传》《秋山居》《日本的美与我》《新感觉派》《新进作家的新倾向解说》等重要文章。

1968年10月17日，川端康成获诺贝尔文学奖。许多读者关心，应当如何看待他与日本第二位诺贝尔文学奖获得者大江健三郎的差异。两者的差异在于，川端康成的文学感受性是出类拔萃的。

1968年12月10日，川端康成身着和服正装，佩戴文化勋章，出席了在斯德哥尔摩音乐厅举行的诺贝尔奖颁奖仪式。第三天即12日下午两点10分，在瑞典学院，川端身着西装用日文作了获奖纪念演说《日本的美与我》。演说中，川端引用了道元、明惠、西行、良宽、一休的和歌诗句，配英语同声传译。川端康成的人生轨迹跨越二战前后，反映了那个时代。那些独白式的和歌作品，本身并未被时代的思想和世态左右，展现了作家自身的艺术观和澄澈的诗性。

关于川端康成的自杀，有如下几种说法。
1.殉身于日本行将破灭的"物哀"美学的世界。
战败后，川端决意"回到日本古来的悲哀之中"。在其诺贝尔文学奖获奖致辞《日本的美与我》中，他讲述了自己传承的古代日本人的心性，体现了日本人心性的"物哀"的世界，倘在历史的必然中行将为近代世界所取代，自己便唯有殉身于那个行将灭亡的世界。在自杀当年发表的随笔《犹若梦幻》中也有诗曰："朋友的生命皆已消亡，苟且偷生的我是火中莲花。"

2. 好友三岛由纪夫的剖腹自杀（三岛事件）使之受到巨大冲击。

川端说："三岛君的死令我怀念横光君。两位天才作家的悲剧和思想并不相似。横光君是我同年的不二师友，三岛君是我年少的不二师友，我还会有活着的不二师友吗？"三岛的死给川端带来强烈的心灵冲击。两人关系密切，正是川端发掘了三岛的才能并给予高度的评价。二者的连接点还在于"宏观上否定战后的根本性精神构造"，且二者皆为"夭折的美学"所吸引。所以，川端没选择谷崎润一郎和志贺直哉那种"享受作家退休金"的寿终正寝的结局。

3. 对老丑的恐惧。卧床不起、生活无法自理的祖父三八郎临终前的状况留给川端的深刻记忆，便是十分具体的老丑恐惧。他护理祖父的经历写在短篇《十六岁的日记》中。

4. 另有一个推测性假说，与川端喜欢的一个女性助手（鹿泽缝子）相关。臼井吉见在其小说《事故的始末》（筑摩书房，1977年）中提出了相关见解。据小谷野敦说，川端希望将之收为养女。另外，据2012年尝试接触鹿泽缝子本人的森本获所言，缝子拒绝面谈，但通过丈夫表达了如下意见：那部小说中的女性与她无关，唯一可以说的是，她不知道川端先生是否钟情于她。但缝子在川端死后又曾对养父坦白："我想先生自杀的原因在我。"森本获通过综合性考证，认为这个假说是事实。

5. 获得诺贝尔文学奖后，小说创作停滞，创造力枯竭。获奖带来的是忙碌和负担。川端在获奖后曾说："获奖非常光荣，但对于作家，名誉反而成为重负抑或妨碍，甚至令其萎缩。"

6. 身体状况不好，加之立野信之、志贺直哉、亲密的表哥秋冈义爱的死，令其意志消沉，一时间着魔犯错。

7. 事故说。川端比之前更加依赖于安眠药，死亡时有安眠药（海米那）中毒的症状。川端任日本笔会会长时信赖的副会长芹泽光治良在追悼记《川端康成之死》中否认他是自杀。

编选《川端康成作品精选》时，我重读了高慧勤先生早年的《川端康成十卷集》译序。洋洋洒洒两万余字的鉴赏文，深入、细腻，充满感性体悟和理性剖析，绝非四平八稳的"川端康成论"可比拟，同时萃聚了充溢的知识性和灵动的文艺性，纯然是一篇文字优美、分析到位、感情充盈的散文名作。这里作为结语引用一段，以飨读者。

川端康成是一位难以把握的作家。他创造的艺术世界，意蕴朦胧，情境飘忽，令人颇有些费解。倘说他是美的追求者，作品却时时表现美的毁灭，美与死亡常常结下不解之缘；倘说他是女性的膜拜者，有时又不那么热切，甚至还投去冷漠的一瞥；倘说他是官能的崇尚者，却只是发乎情而止乎憧憬，还以遐想的成分居多。在纷繁的人世，他是孤独的、悲哀的。在他构筑的艺术殿堂里，你看到的是一幅幅忧伤的浮世绘。浮世绘是江户时代（1603—1867）的市民艺术。"浮世"二字原初写作"忧世"，意谓"世道多忧"，系佛家用语。后来才转指无常、虚幻而短暂的现世。所以浮世绘表现的，大多为市民阶层的世态风俗和现世欢情。画师们以新鲜的感觉，观照自然人生，率真地表现主观意象。那春愁撩乱的痴男怨女，那揽镜自怜的青楼艺妓；雨夜里啼月的杜鹃，暮色中积雪的山径；春日的飞花，秋天的落叶……构成一片清幽淡雅的世界；那色彩，绚丽中带些枯涩，明艳中流露出哀伤，点染出一派十足的日本风情。

在这套精美的《川端康成作品精选》面世之际，谨对恩师高慧勤先生表达敬意和缅怀。高慧勤先生2000年主编、翻译的《川端康成十卷集》（河北教育出版社）是国内迄今为止不可多得的一套川端康成精选集。"十卷集"的译者除了高慧勤先生本人，还有当时中国日本文学研究界的前辈李芒先生、刘振瀛先生、李德纯先生、文洁若先生、金中先生和赵德远先生等，谨向各位前辈表示敬意。当然也有一些同辈中的佼佼者，如谭晶华先生和林少华先生等。我和侯为先生当时承担了"十卷集"中的第十卷（川端康成的评论和随笔）的翻译。此次，青岛出版社的《川端康成作品精选》也参照了高慧勤主编的《川端康成十卷集》，沿用部分译作。

魏大海

2022年10月9日于燕郊

目录

译序-*1*

花的圆舞曲-*1*

名人-*87*

花 的 圆 舞 曲

《花的圆舞曲》的表演结束了。

帷幕徐徐降落。还没等帷幕遮过舞女们胸部的一刹那，摆着造型的友田星枝突然失去了平衡。

早川铃子单脚直立，另一只脚尽量伸直向上，身体重心落在紧紧握着星枝手的那只手上。铃子和星枝两人的身体共同构成一幅舞蹈画面。就在这时，铃子上半身突然失去重心，猛地一歪，紧紧抱住了星枝的腹部。

作为连锁反应，星枝也迈了个踉跄。铃子一个劲儿想从那副把脸埋在星枝腹部的滑稽姿态中纠正过来，但一只手还是紧紧地抓住了星枝的肩膀。

"笨蛋！"

铃子打了星枝一记耳光。

但同时，铃子对自己出手打人不由得一惊，眼睛直愣愣地盯着星枝。

"我这辈子再也不同星枝你跳舞了。"

铃子边说边像泄了气儿似的,倒在星枝的肩膀上。

谁知星枝把肩膀转了过去,她并没推开铃子,也没因挨打而生气。失去支撑的铃子向前一倾,双手猛撞过来。

星枝佯装不知那是自己的过错,头也不回,茫然地站在那里。

她大声地说道:

"我这辈子再也不跳舞了!"

这时,帷幕全落下来。

随着帷幕完全落下,观众席上也爆发出经久不息的掌声,像一阵风般,远去后忽然归于平静。

舞台的照明也暗了下来。

当然,这从明到暗是对观众喝彩声的答谢,同时也是为帷幕再次拉起做准备,将给舞台增添更加绚丽的色彩。演员们都期待这一刻,保持着仿佛会继续的舞姿纷纷离开了舞台。在舞台的侧面,手持鲜花的少女们在等候着她们。

鼓掌声再次响起,经久不息。

"从没见过你这么任性的人!"

铃子虽然这么说,但还是用力地抱着星枝的肩膀,跟在大伙儿的后面走下台。

星枝则像玩偶似的听任铃子的摆布,仿佛不知道手脚还能活动。

"真对不起呀。我打到你这儿了吧?"

铃子笑着用手摸了摸星枝的脸颊。星枝却把脸背过去，喃喃自语道：

"这辈子再也不跳舞了！"

"你想，若是当时被观众看见了会怎么样呢？他们肯定会耻笑我们，报纸上也会登出去吧。今晚的演出就将前功尽弃。多亏大幕，观众的确没看见吧。也许只看见了我们的脚，会不会误以为是我没站稳摇晃呢？不，准是没看见。那样鼓掌，是希望再来一次。可能要加演。"铃子摇动着星枝的肩膀接着说，"咱俩得向老师好好检讨。幸亏老师没在场，万幸。"

随着两人走近舞台侧面，拥挤着吵吵闹闹的演员、少女们顿时安静下来。铃子一脸羞怯，强作笑颜。星枝却紧闭嘴唇，一声不吭。这里似乎有一股令人沉默的力量。

但这时，帷幕又拉起来了。

演员们互相示意，手拉手走上了舞台。铃子和星枝走在最前面。

她俩被簇拥在当中。演员们在舞台上站成一排，向观众致谢。

这时，少女们拿着花束走到台前，献给了铃子和星枝。

献花的少女们都不到十一二岁，有的甚至只有六七岁。她们身穿长袖和服。方才，她们的母亲或姐姐，还有穿着别样的舞蹈服装在《花的圆舞曲》里没上场的演员们，就在舞台的一侧照看着这些孩子。她们时而抚摸少女们的头发，时而给她们整理腰带，叮嘱她们在舞台上别出错，告诉她们献花的对象……

一束束鲜花集中到了星枝和铃子的手里。

《花的圆舞曲》是为她俩编排的舞蹈,舞蹈动作也是如此。其他舞女的出场都是双人舞的背景或陪衬。为了突出她俩,连她俩的衣裳也始终与众不同。

观众又为这些献花的少女掀起了掌声的高潮。

铃子和星枝抱着一束束鲜花,仿佛淹没在其中。

有一个年龄最小的女孩,走路一摇一晃,落在最后边。她手里拿着的花不抵向日葵大,但全由清一色的蓝色小花组成。她站在星枝面前,但星枝却没看到,大概因为人和花都太小。

"星枝,给你的!好可爱的花!"

一旁的铃子提醒星枝。小女孩先是一脸迷茫地望着星枝,接着听见铃子的声音,她就把花束交给了铃子。

"哈哈,不对。给星枝。"

铃子这样嘟哝着,用眼睛示意小女孩,可小女孩没弄懂她的意思。站在一旁的星枝又不便接过去,铃子只好满脸笑容地把蓝色的花束接了下来。她抚摸着小女孩的脑袋小声说:

"谢谢!快回去,妈妈在那儿叫你呢。"

身穿长袖和服的少女们献过花退场后,舞台上的演员们再一次向观众鞠躬致谢。帷幕徐徐落下。

"星枝,这束花是献给你的呀。"

铃子将刚才的那束小花插到星枝抱着的花束和她的胸部

之间。

"你干吗不接?干吗要让那样一个小女孩在台上不知所措呢?太过分了吧!孩子都差点儿哭了。"

"是吗?"

"不光你自己是人!好好记住吧。"

铃子说话面带微笑。小小的蓝花夹杂在蔷薇和康乃馨当中,反而显出它才是真正的花,耀眼夺目。

演员们看着星枝胸前的花束,纷纷赞美道:"真可爱!真别致!太美了!简直像童话故事里的王冠!像理想国里的糕点啊!"

"香吗?"

一个舞女拿起花闻了闻。

"真想拿着它跳舞啊!这叫什么花?星枝,它叫什么?"

"不知道。"

"这花真没见过。给人留下如此深刻印象的送花人,是什么样的人呢?"

舞女说着把花还了回去。星枝随手接过来说:

"这花,枯萎了。"

对方有点儿诧异,盯着星枝的脸。星枝接着又说道:

"已经枯萎了。"

"没枯萎吧!干吗要在这里说这样的话?回去插在花瓶里不好吗?让送花的人听到了,多不好呀。"

"不过,确实是枯萎了嘛。"

我在想起这件事的一个晚上说：

"你那是怎样怀念了，不糟蹋着我吗！我想把花接回去，你允原了，对不对？"

看楼一声不响地把花束拢起放了只手，花看到了镜子手接了几束。但中间还有一件东西挺接在镜台上，是一条细瓷青花的耀，看样子是撒在花束中间的。因为是杂色的，所以有一颗接

看楼回过头一看接落下来。

"唉，真对不起，把青花火碎，摔直笑。"

小孩小小没恼恨，瞪了下来。

看楼把花束放到手上，她即从窗口中回答头，老到风的碎稍，她把水银不知道有没擦掉

"看楼！"

我手忙把她插了一下，看她若无声，便把近接下了起来，这时随着她把色的花束上又是一束一束小小的，其他一颗小

"随口……这人叫谁吧，我干你说吗？"

"小孩。"

"谁小孩了？"

轻手放回来。

看楼一刻儿上面，有在撒别的花束不断地接落在棒拖子谈向米。他随仍双慢脚步。一只脚上的鞋推推地歪开了，她

出力地挣扎围来。楼下妥协地接在棒下的床上。但被落要

米饭。

这期间，妈妈似乎是喝果一次的案事尤其忙。

但因为是在了水泊，事情更加繁张起来。

孩子兴冲冲地打开门说：

"快来一看！看样，来一次！"

"有什么不好说吗？"妈妈说，"我已经发出关系了。"

你一个人去怎么行？"真相米道。

我来陪小女孩去知道题什么地方了，看样强地目没在院子为，睡再看在晚我的事实。

"别让天似几千吗？"

孩子伸出手忙忙起来样说走，看样从顺地眼来跟，考

了足尺怀。她哪在等天像脱住了干米。

"你啊，孩子，你的样呢？样子又像千千重着几了重样的

呃，可是样只顾着自己的服。

"这期望子无么之服哭吗？"

"天侄几肌太多看你的哭呢。"

"孩子，你水也说凡这要干夭胚睡了吗？"

"这腰！这想睡一会子，哪个人呢，你的样呢？"

"我刚睡慢呢，没心情呢。"

"你怎么来俑一下？别人的客签吗？说不可以共呢？你提

着，今晚你家娘会还是来帮我啃啃哦为你的？许多人叫

他付出了劳动的劳动，难道你不知道吗？即使心甩不对劳，脱上也要表示亲热呀，难道放在，他们还是不友关。"

"你没听见蓬声吗？"

"听见了。"

"好了，孩子在睡觉儿？你该上楼吧。"

化妆姑一周小心的关好房间，电灯没有熄没是是一样，睡上已经推卫上所有的舞蹈服，有的便整齐地放在中间的接靠上。床上，卫星光凌乱之地推着笑吟吟的花瓣，点心盘和花束。

温画跳舞进来排成永林舞蹈，轻手轻脚下去，悄忙穿脚来。

看接跑的另一只舞蹈鞋，笑叫，门开了。

原来是她们来师的竹内。他手里春着看接的舞蹈，看到看接安，关上具看她把另一樘放在她的脚前。

"你的鞋丢了。"关师实惊地说了一句。

"啊，关师。"

温画通红的转头亲蜢了关手，她踉走在看接眼前，要看看接去上梯子。

看接在甲轻了轻起自己的脚踝，同时紧盯看竹内说：

"关师，我不睡睡。"她要。"把我转了三手。

"睡睡吧，不睡睡也得吧，难道具先就是睡，这就让头是人生。"

竹内笑着，坐在自己的镜台前化起妆来。

他还没有完全穿好舞蹈服。从近处看，他那化妆的脸比起实际上年近五十的他更加显老，而且遮挡不住他的寂寥。

铃子和星枝走出化妆室，刚迈上台阶，乐队已经开始用木管吹奏序曲了。

观众的掌声戛然而止。

这是柴可夫斯基的《胡桃夹子》中的《花的圆舞曲》。三四年前，包括《糖果仙子舞》《俄罗斯舞》《阿拉伯舞》等《胡桃夹子》中的其他舞曲，也都在竹内舞蹈研究所的表演会上跳过。

那时候，星枝跳了《中国舞》。

铃子跳了《牧童舞》。

本来《胡桃夹子》描写的是一个少女在圣诞节之夜做了一个梦，是童话舞曲。

那时候，铃子和星枝都还是少女，处在《胡桃夹子》的梦幻阶段。

最后的《花的圆舞曲》里，少女们仿佛鲜嫩的花朵一般竞相开放。

这个舞蹈成了她们愉快的回忆。

竹内为给这两位女弟子扬名做准备，就在今晚举办了“早川铃子・友田星枝首场舞蹈表演会”，并在节目中加入了《花的圆舞曲》。为了突出她们两人的舞蹈水平，还特意修改了旧的舞蹈设计。

星枝和铃子刚离开化妆室,竹内就立即站起身来,拿起星枝的镜台上摆着的项链看了看,接着又悄悄地放回原处。然后不知是有意还是无意,又用手摸了摸挂在墙上的姑娘们的衣裳。

衣衫、花束、化妆道具,似乎放得越零乱,越显示出生命力。

她俩走下台阶,舞女们早已离开了舞台一侧,乐队也已奏起《花的圆舞曲》的主旋律。舞女们朗朗起舞,等待着主角上场。

"友田!友田!"

后面有人喊星枝,但她没有听见。她已摆好跳舞的姿势,从这边出了场。

与此同时,铃子从那边上了场。两人在舞台中央相遇。铃子鼓励般地小声说:

"行吧?没问题吧?"

星枝用目光示意没问题。

铃子跳起来后仍旧有些担心,不时瞅星枝一眼。她俩再次接近时,铃子说:

"太高兴啦。不生气了吧?"

第三次接近时,铃子说:

"棒极了,星枝。"

但星枝好像根本没听到,她仿佛已被自己的舞蹈迷住,渐入佳境，忘记了自我。

看到这种情景，铃子自己反而乱了舞步，不仅心情未渐入佳境，动作也显得生硬。

不一会儿，她俩又跳到一起，彼此手拉着手。铃子说：
"你骗人！真坏。"

铃子焦灼不安，说不清是妒忌还是生气，或是悲伤。良久又说：

"太可怕了！你这个人。"

星枝的舞姿仿佛已出神入化。

铃子也不甘示弱，在舞蹈中她激起了一次次青春的活力。

但是，向星枝应战而起舞飞扬的铃子同没察觉对方的应战而沉浸在舞蹈中的星枝之间显示出的只是一种不和谐，她们不是舞蹈中蝴蝶的双翼。

观众当然不了解这回事。舞蹈结束后，她们在掌声中再次登台谢幕。

星枝同先前判若两人，神采飞扬，旁若无人，连声音都显得异常激动。

"好极了。我从来没有这样痛快地跳过，音乐和舞蹈都配合得好极了。"

铃子也笑容满面地答谢了观众的喝彩。她身着东方式舞蹈服走到舞台的侧面，正在观赏她们舞蹈的竹内抓住她的肩膀安慰说：

"好极了！"

竹内话音刚落,铃子便眼里含着泪花,像要沮丧地扑向竹内的怀里一样,却又猛一转身沿台阶追上舞女们,向化妆室跑去。

星枝嘴里吹着刚才《花的圆舞曲》中的一节,手舞足蹈地进了化妆室。

"骗人!虚伪!自私鬼!我受骗了!骗人,真卑鄙啊!"

"哎哟,怎么生气了?"

"要竞赛就堂堂正正地来嘛"。

"什么竞赛?!我不喜欢。"

星枝仿佛静不下来似的,扯下花束上的花,一朵朵撒在地上。

"请你别动我的花。"

"这是你的吗?我讨厌什么竞赛。"

"是啊。这就是你,彻底的利己主义啊。太任性了!我没见过像你这样可怕的人。"

"还在生气哪!"

"难道不是这样吗?!你刚才不是还无精打采,说什么悲伤啦、不称心啦、还有什么不想跳了吗?我真为你担心。就是在舞台上,也一直惦记着你,而顾不上自己的舞姿。真讨厌啦!而星枝你呢,却好像忘记了这些,尽情地跳着。我上当了,你是个骗子。"

"我不知道有那回事儿。"

"你这不是太卑鄙了吗?分明是骗术嘛。让人进圈套,自己却大显身手。"

"讨厌,这能算我的责任吗?"

"那你说是谁的责任呢?"

"舞蹈。我跳起舞来,什么都忘了。我不是想要好好表现自己才怎么样……"

"那么,你是天才啰。"

铃子挖苦似的说了一句,但不知怎的,这句话也给自己带来了一些哀伤。

"我没输,也不会输!"铃子有些恼怒,她拾掇摊在那边的衣裳接着又说,"不过,如此发展下去,星枝你总有一天会吃苦头的。说不定就会在哪个关键地方,扑通一下摔倒。在旁人看来,你的性格就是一场悲剧,你仿佛在深渊上走钢丝,你自己却没意识到吧?太危险了,真可悲。将来怎么办?大家都为你捏了一把汗啊。大家让着你,但你自己却一点儿也没察觉,还一个劲儿地逞能。"

"可在舞台上跳舞,心情愉快有什么不好呢?"

"心情?谁的心情?你什么时候体谅过别人的心情?"

"在舞台上跳舞,还要考虑别人的心情?我可不是那种讨厌的成年人。那种人,我想起来就觉得可悲,就不愉快!"

"如果照这样处世的话,也很了不起。"铃子放低声音说,"不过,在舞台上取得成就,成为红人,不是靠勤奋和才能,而是首先靠你这种逞能。这也行!你尽管把我踩在脚下,自己出名好了。"

"我才不呢!"

"可是,星枝,别人对你亲切和关爱,你有没有高兴过?"

星枝没回答,只是瞧着镜子里的自己。

铃子来到她的身后,两人脸挨脸地望着镜子。

"星枝,像你这样,也会爱别人吗?那时你将会是一种什么样的表情呢?准是一副好看的样子吧?"

"我准是一脸的寂寞。"

"撒谎!"

"因为跳舞化了妆,看不见罢了。"

"快点把衣裳收拾好吧!"

"算了,女佣会来收拾的。"

这时,竹内从舞台回到了化妆室。

《花的圆舞曲》后,还有竹内的舞蹈,这是今晚最后一个节目。

铃子轻盈地迎了上去。

"今晚承蒙老师的多方指点,实在太感谢啦!"

说着,铃子用毛巾擦去竹内脖子和肩上的汗珠。星枝则坐在自己的镜台前。

"谢谢老师啦。"

"祝贺你们!获得了巨大的成功,这比什么都好。"

竹内听任铃子给自己擦汗,自己只顾卸妆。

"都是托老师的福啊。"

铃子说着,脱下竹内的衣裳,接着擦他那裸露的脊背。

"铃子，铃子！"

星枝像责备似的厉声喊着，用白粉扑儿敲打着镜台。

但铃子却佯装没听见。她在盥洗间把毛巾洗净、拧干，再转回来，又认真地擦拭着竹内的胸口和脊背，还兴高采烈地谈论起今晚的舞蹈来。最后，她像把竹内的脚抱起来似的搁在自己的一只手上，然后用另一只手擦他的脚心和脚趾窝，擦得干干净净。接着，还揉了揉他的腿肚子。

铃子兴冲冲的行为充满了真挚的情谊，显示出师生间的美好关系，也表现出一种纯朴的心意，丝毫没有半点儿矫揉造作。

或许是铃子的动作过于熟练吧，加上她还穿着舞蹈服裸露着肌肤，给人的感觉像是男女间的秘密遭旁人偷窥了一般。

"铃子！"

星枝又喊了一声，喊声中带着尖锐，充满了神经质般的厌恶感。紧接着她站起身来，走了出去。

竹内默默地看着她出去，说道：

"啊，可以了。谢谢。"

然后走到房间一角的盥洗间，边洗脸边说：

"听说南条下周乘船回来哟。"

"啊，真的吗，老师？太好啦，这次是真的回来吗？"

"嗯。"

"不知道他还记不记得我。"

"你那时多大？"

"十六岁。南条曾责怪我说，和一个没有恋爱过的女孩子跳舞，没有一点儿感觉，没法跳。您还记得这件事吗？"

"当然记得。这次他一定会高兴地主动同你跳舞的。也许还会说，还是没恋爱过的女孩子好。当年他看到的女孩子，如今已变成出色的舞者，他准会吃惊的。"

"不会吧，老师。我一直期待着他回来教我跳舞呢。如今愿望就要实现了，我反而感到担心、害怕了。他在英国的学校勤奋学习，又去法国观摩了一流舞蹈家的舞蹈。像我这样的人，他能看得上吗？"

"男人总不能一个人跳舞的，无论如何也要有个女舞伴呀。"

"有星枝在呀。"

"你要超过她。"

"我要是被南条看见，一定会全身颤抖，缩成一团。可星枝却若无其事，不慌不忙。只要舞伴称心，她自己也像着了魔一样，能够发挥无穷的威力，太可怕了。"

"你也真是瞎操心。"竹内有些不高兴地说，"等南条一回来，我们马上就举办回国汇报表演会，到时你和他一起跳吧。以南条为中心，你们三个人密切合作，让我们的研究所发展壮大起来，这样我也就放心退休了。你也费了不少的心血，今后更要同南条携手，做出一番辉煌的成绩来。研究所的地板要换成新的，墙壁也要重新粉刷。"

南条比预计的时间推迟了两三年才回国，这是竹内担心的主要原因。铃子一想起这事也就想象到去横滨迎接将是一种怎样的喜悦。她又问：

"他还是绕道美国回来吗？"

"好像是……"

"您为什么说'好像是'呢？"

铃子惊讶地反问，难道信里或电报里没有写清楚吗？

"实际上是刚才在这儿听报社记者说起此事，我这才知道的。"

"那么，他什么都没告诉老师您吗？原来是这样啊。"

铃子呆住了。她一看老师那暗淡的表情，不由得产生几分同情，但同时也深感失望，仿佛自己也是被南条抛弃了似的，瞬时眼泪汪汪。她说：

"真叫人难以置信呀。他得到老师多方照顾才得以留洋，想不到竟成了一个忘恩负义的家伙！老师，这种人您还要到横滨接他吗？我讨厌他。不管您怎么说，我都不会同这种人跳舞的。"

星枝来到走廊，管理舞台道具和照明设备的人正急急忙忙地收拾器具，伴奏人员已拎着乐器回去了。

观众席空荡荡的，漆黑一片。

这次表演会的筹办人、舞女们的亲朋好友，还有一些像是她们的舞迷的学生、小姐们都显得异常兴奋，有的在评论今晚的舞蹈，有的坐在长椅上等人，还有的在后台进进出出。

说是舞女，其实都是研究舞蹈艺术的学生。她们不会终生投身舞台，不会献身于舞蹈事业，也很少有人立志将来当舞蹈家。当中一半是女学生或小学生，而且以千金小姐居多。

她们的化妆室比铃子她们的要宽绰些。她们有的在换衣裳，有的要去后台的浴室洗澡，有的在化妆，还有的在找自己的花束，大家都忙着准备回家。在欢快的气氛中，年轻人的言谈话语中洋溢着兴奋，流淌着青春的味道。

星枝在走廊上受到了各种人的礼节性祝贺：

"恭喜！恭喜！"有的还请她签名。她备受称赞。

她草草地应酬了一番，便到舞女的房间去闲聊。她家的女佣在走廊上叫她，她又和女佣一起回到了自己的化妆室。

打开门时，恰好铃子站在竹内身后正给他穿西服。

跟刚才不同，星枝连瞧也不瞧一眼，似乎根本没有当一回事。她告诉女佣"这件，这件，还有这件……"，拿走了该拿走的衣裳。

铃子向她使了一个眼色，她爽快地点了点头，接着披上春季的外套，一起送竹内到大门口。

没等竹内的汽车开动，铃子就劲头十足地说道：

"南条下周就要坐船回来啦。"

可是，星枝只是淡淡地答道：

"是吗？"

"他连老师也没通知，真是个忘恩负义的人！太不像话，真是无情无义。老师真可怜啊！"

"是啊。"

"应该把他从舞蹈界同人中排斥出去,在报纸上写文章讽刺他。咱们约好不去接他,也决不和他跳舞,好吗?"

"嗯。"

"不行,我信不过你。你应该认真地表现出义愤填膺才对。星枝,你也是个薄情的人,一点都不亚于南条。"

"什么南条,我不认识他!"

"老师不是把他当儿子似的,经常说起他吗?你没看过南条的舞蹈吗?"

"舞蹈倒是看过。"

"跳得很出色吧?他被誉为'日本首个天才西洋舞蹈家'呀。人们夸他是日本的'尼金斯基①',日本的'谢尔盖·利法尔②'啊。所以老师四处借钱,供他留洋。正因如此,竹内研究所才落得这样穷困呀。"

"是吗?"

这时,星枝的司机和女佣前来取她的衣箱和客人赠送的彩球,打了个照面就离开了。

坐在走廊长椅上的一个青年站起来,跟在星枝身后喊了一声:

---

①尼金斯基:1890—1950,波兰血统的俄罗斯芭蕾演员和编导。他的演出和编导对芭蕾传统形式大胆革新,扩大了芭蕾语汇,增加了表现手段。
②谢尔盖·利法尔:1905—1981,是俄罗斯著名的芭蕾舞演员、编导,还是舞蹈理论家、作家。

"友田女士!"

"哟,你在干什么?怎么还不回家?"

星枝说着便若无其事地走开了。

铃子回到化妆室,卸完妆后就躲在角落的屏风后脱衣。

"说起来,今晚为我们俩举办的表演会嘛,也是师傅四处借钱举办的。"

"是吗?"星枝胸前和胳膊上还留有白粉,"洗个澡再回家,怎么样?"

"星枝,你也该想想,研究所的房子、乐器以及值钱的东西全都抵押了,就为筹措今晚的会场费。师傅足足奔波了三四天哪。"

"大概戏装费还欠了不少。戏装店老板也来吵闹过,真讨厌。"

"星枝!"铃子像再也憋不住似的说,"'隔一层拉窗,外面就是乞丐',你知道这句话吗?"

"当然知道啦。就是穷起来,连缎子腰带也得卖掉呗。"

"就说星枝你吧,难免也会遭遇卖缎子腰带的危险。乞丐也得吃饭哪。你太不体谅人啦,拿刚才来说,你不觉得自己做得太过分了吗?一副不高兴的样子。我作为弟子照顾老师,难道有什么不对吗?"

"太脏!"

"脏?什么脏?"

"太脏了,师傅袒胸露背的,多脏呀。你干吗还老去摸他的身体呢?"

"哎哟!"

铃子根本没想到星枝会说这种话,忽然觉得胸口像被人捅了一下似的,顿时接不上话来。

"去洗个澡吧。"

"你是叫我把手洗干净吗?"

不知怎的,铃子仿佛受了屈辱,板起面孔来。

"铃子,我不愿意看到你做那种事。"

"但是……"

"看不下去。"星枝毫不客气地说。

铃子一言不发,像是被击倒一般。

"我总觉得你太可怜,看不下去啊,看着就冒火。"

"为了我吗?"

"当然啰。"

"我明白了,也很高兴。"铃子自言自语,"富人家的小姐和穷人家的姑娘是不同的啊。这也许是天生的性格,没法子改变吧。我只是觉得老师很可怜,想真心实意地为老师做点什么。我没想过这是学生的义务呀,或者是想献媚讨好才来照顾老师的日常生活,只是喜欢这样做。再说,女人一结婚不都得这样吗?"

"换了别人我才懒得管呢。正因为我爱你,才心疼呀。我心里难受。"

"好了。"

铃子抱着星枝的肩膀，让她坐到镜台前。

"我给你化化妆吧。"

星枝顺从地点了点头。

两个人都已换上了自己的西服。

铃子给星枝重新理了理头发。

"我十四岁那年就来老师家，当了寄宿学生。他送我上女子学校，就像对待自己的孩子一样，对我很亲切。然而，我还是同其他女佣一样下厨房干活儿，毕竟是别人的家呀。环境使我变成懂事的孩子，我首先考虑的是别人的心情，而不是自己的情绪。我一心想学舞蹈，也学会了忍耐。"

"一个人的心情，从一旁就能够了解吗？我有点儿怀疑。"

"我不是在讲什么大道理。老师没有了师母。也许正因如此吧，我觉得自己更了解老师的心情。有时我也在想：假使我不在老师身边，老师会变成什么样子呢？说不定总穿着那件脏衬衫，指甲长了也不修剪吧。"

"了解了别人的心情，你不觉得是件可悲的事吗？"

"是啊。所以我才深感艺术是宝贵的呀。如果我不献身于艺术，一定会变成一个性情乖僻、心术不正、爱耍小聪明的人，也早已不像个少女了吧。是艺术拯救了我。"

"说起艺术，我感到害怕。"

"舞蹈不就是艺术吗？正因为你很有舞蹈天赋，人们才能够谅解你的任性和放肆，不是吗？如果没有舞蹈，你就会变成一个无法管教的疯子。"

"所谓艺术,不知怎的,我总觉得太可怕了。我对它很快就着了迷。纵情地跳舞时,我真的心情舒畅,但又不知为何感到不安。自己究竟会飞到哪里去呢?结局又会怎么样呢?那种心情就像在梦幻的天空中翱翔一样,无法控制,不停地飞行,即使想停下来也不行。仿佛是别人的躯体了。我不想失去自我,不管做什么事,我都不愿意着迷。"

"真是一位从容自如的千金啊。只有对自己的才能非常自信,才能说出这样的话。真令人羡慕。"

"是吗?铃子你真的要立志当个舞蹈家吗?"

"讨厌。事到如今,还问这个干什么?"

铃子笑着拿起大白粉饼扑打星枝的脸。星枝闭着眼睛,抬起下巴说:

"你瞧,我是不是长着一副冷冰冰的脸?"

铃子一边在星枝的脸颊上抹红画眉一边说:

"你刚才有什么伤心的事吗?那样粗鲁的举止,搞得造型都垮了。"

然而星枝就像那一副迷人的脸谱一样,毫无表情。

"我要因此在台上摔倒,那不就出了大洋相?……"

"我是不想跳。刚一出场我就在观众席上看见了母亲,心情变得糟糕,舞步也马上乱掉了,怎么也跟不上音乐的旋律。伴奏也不好。"

"啊?你妈妈来了?"

"她把我的对象也悄悄带来啦。袒胸露背地跳舞,不想让他们看见。"

铃子惊愕地看着星枝。

"好了。"

铃子把眉笔放到镜台旁的化妆包里,突然说:

"哎呀,项链呢?放到哪儿去了?"

"不知道。"

"本来放在这儿的嘛。真不知道吗?真糟糕,怎么会没了呢?你让开一点,我找找看。"

铃子说着,拉出镜台的抽屉,又看了看镜台的后面,慌慌张张地寻找着。星枝任凭铃子翻找。

"算了,说不定是女佣拿走了。"

"要是女佣拿了倒没事,可没看见女佣收拾过镜台啊。丢了就糟了。我不该放在这种地方,它同跳舞时用的假玻璃首饰可不一样。我去问问别人就来。"

铃子慌里慌张地出了化妆室。

星枝对着镜子瞧着自己的面容。

外面吹来初夏的晚风。化妆室里堆放着舞蹈服、花束以及她们的脂粉,还飘荡着晚春的味道。此时,晚风仿佛给娇嫩的肌肤带来了湿气而使其变得光滑。

往返于日美航线上的"筑波丸"于上午八时驶入横滨港。

由于职业的关系,竹内他们经常在此迎送外国音乐家或舞蹈家。他们估计好轮船靠岸的时间,比别人稍稍晚来一会儿。

海关大楼的尖塔沐浴着初夏的朝晖，林荫道上的树影也告知时间是上午。

汽车在海关大楼前停下。铃子去那里的陆务部买了门票。他们望着右边成排的码头式低矮而细长的仓库，走过了新港桥。桥左侧是像臭水沟一样的肮脏海面。三菱仓库前面停泊着许多日式木船，船上晾晒着洗过的衣物，如衬裙、袜子、长内裤、贴身衬衫、尿布和小孩的红衣裳等，十分破旧，反而给周围现代化的海港风景增添了异国情调。船上亦有人在洗刷早饭的餐具。

除竹内和铃子外，还有两个女弟子也跟了过来。其中一个在海关的检查站前下了车，把照相机送去检查。

他们来到四号码头，星枝早已在那里等候。她家在横滨，所以先来了。

"哦，你早来了。"

竹内一下车就把自己的花束交给了星枝，星枝接过却说：

"可是，老师，我还不认识南条呀。我不想给他献花。"

"没关系嘛。他以后就是你们的舞伴了，要同台演出的。他是我的得意弟子，你们自然也就是师兄妹啰。"

"我和铃子约好了，不和南条跳舞的。您要是不来接他就好啦。"

竹内笑了笑，走到轮船公司的办事员那里去查找船客的名单。铃子跟在后面也去看了看。

"啊，有了。老师，一百八十五号船舱。总算是回来了，回来了。"

铃子神采飞扬。她把手搭在竹内的肩上，差点儿跳起来。竹内也高兴地说：

"是吗？到底还是回来了。"

"简直是做梦啊，我的心怦怦直跳哪，老师。"

他们快活地眺望着海港。

假如精神正常的话，南条绝不会不通知自己的老师竹内就悄悄回来的。这其中究竟是怎么回事呢？就好像在码头迎接轮船靠岸的心情一般，重逢的喜悦里又夹杂着对南条的气愤和疑惑。竹内的脑海里兴许还浮现着他心爱的弟子——南条——少年时代的面容。

他们决定到码头二楼的临港餐馆里等候。那里也挤满了接船的人。大家都从敞开的窗户远眺着海港。女弟子们似乎坐不住了，喝了一口红茶便把花搁在桌上，跑去廊道上了。

海港沐浴在初夏午前灿烂的阳光中。

汽艇在停泊着各国邮轮、货船的空隙间穿梭。

铃子兴奋得分辨不出哪艘船是"筑波丸"，在横滨长大的星枝却指着海面说：

"就是那艘，正朝我们这边开来。漂亮的大船呀，船身有红色的横条纹、白烟囱的那艘，又矮又粗的那艘。据说轮船要是没烟囱，旅客往往会产生一种不安的心理，所以为招徕顾客，轮船公司总要把烟囱装饰得别致些，这叫作'化妆烟囱'哟！烟囱一大，看起来就仿佛靠得住一些，速度也快似的。"

铃子认出了那就是"筑波丸"后，就想象着南条看到日夜思念的祖国时该是多么兴奋啊。她就像经历自己的事情一样感到高兴。

"南条大概也在看我们吧，肯定在寻找我们。也许在甲板上争抢着望远镜看我们呢。"

铃子说着，似乎想借身旁一个女人的望远镜。那女人脚踏厚底拖鞋，身穿长袖和服，头发盘得整整齐齐。

"船再次开起来到靠岸还需要很长一段时间，咱们去走走吧。"

星枝说罢，挽起铃子的胳膊。

她们与匆匆靠来码头的汽车和人群逆道而行。顺着刚才来的路往回走，铃子定定地望着"筑波丸"，神情很不平静。

星枝翻开神奈川版的报纸，大声读着"进出船舶栏"消息："今日入港船……今日出港船……明日入港船……明日出港船……今日在港船……"她对照着停泊的船舶，解释说这是邮政部资助建造的高级货轮，那是道达尔公司的货轮。星枝不愧是在横滨长大的姑娘，铃子却听得心不在焉。

她们来到了栈桥。欧洲航线上的英国船已进港靠岸，甲板上只有一个水手正在向这边俯视。她们靠近船身时，只感到寂静得可怕。

栈桥餐馆也已停止营业了。

一辆货运马车铛铛铛地跑进了港口，那是一匹骨瘦如柴的老马。车夫和马倒也般配，半睡半醒的，像要从车上掉下来一般，一副叫人担心不已的架势。说是马车，实际上只是在破旧的车板四周钉上了四根木棒而已。

一对英国人模样的老夫妻领着一个十二三岁的少女，从对面慢悠悠地回到船上。那少女用悦耳的嗓音唱着歌。

星枝和铃子站在栈桥顶上二楼的一端，默默地眺望着海港。过了一会儿，星枝突然问道：

"铃子，你要跟南条结婚？"

"哎呀，没那种事！为什么要打听这……？讨厌！根本是谣传。"

"你不是打算等南条回来就结婚的吗？"

"胡说，只是别人那样瞎说。"铃子立刻否定，马上又自言自语道，"我那时还是个孩子。他到国外去的时候，还把我当小孩看呢。"

"初恋吧？"

"五年前的事啦。"

"铃子你要是结婚了，老师会寂寞的。"

"哎呀，星枝你也会体贴人，少见。要是让老师听见，他该多高兴啊。"

"没关系呀，反正一个一个都要结婚的。"

"不过，南条真要把我放在心上的话，也不至于连招呼都不打就回来呀，连一封信、一通电报都没有。"

"那还来接他，像傻子一样。"

"南条一定会喜欢星枝你的。"

"没见过像你这样的草包，尽说些违心的话。"

两人回到四号码头，"筑波丸"巨大的船体已渐渐驶来，似乎向前来迎接的人的胸口压过来一样……

船上传来了奏乐声。

海鸟成群结队地聚拢过来，在轮船与码头间飞来飞去。汽艇从轮船的船头和船尾分别把缆绳拖至码头。码头上的人们前拥后挤，从栏杆上探出身子。已经可以看见乘客了，他们也挤到甲板上，翘首以盼。有的挥舞着国旗，有的手拿望远镜眺望。在吊着成排救生艇的船舷下方，从一个个圆圆的舷窗中也露出了一张张面孔。

在欢迎的人群中，有的高高挥舞国旗，像迎接退伍军人似的。西洋人挥舞着帽子。亲属们相互拥抱。一个日本女孩儿全然不顾杂沓的喧嚣，靠着餐馆墙壁聚精会神地阅读外文书。码头突出的端头聚集着旅馆派来的接客人，他们接待的既有打扮华丽的归国商人，也有移民亲戚模样的乡巴佬。人群中还有船员的眷属、海港上睡眠不足的娼妇。

已经看得清船上人的面孔了。船上的人和岸上的人感情交织，顿时热情沸腾起来，这是一种纯洁、兴奋的感情流露。想必看到了自己等待的人……

"啊，太高兴啦！"

一个漂亮的小姐踮起脚尖，跺着脚，发出感叹。铃子在一旁听见了，也为眼前这种情景所感动，不由得高举起花束不停地摇晃。竹内大声问道：

"哪儿？哪儿？南条在哪儿？看见了吗？"

"没看见。不过，总感觉很高兴啊。"

"好好找找。看见了吗？"

"南条一定看见我们来了。"

"奇怪，没看见南条呀。真奇怪。"

身旁的人都急匆匆下到一楼，竹内他们也跟着走到外面来。在这里等候接船的人早已排成长龙。铃子和星枝在人群中被推来挤去，只好把花束举到头顶。

没过多久，允许上船的时间到了。他们从B甲板一同上了船。本以为南条会在入口的大厅里等候，可根本没找见他的踪影。

"一定还待在舱房里吧。"

他们急忙走到一百八十五号舱房，果然看见门扉上挂着的船客名牌，上面用拉丁字母书写着南条的名字。但门扉紧闭，敲门也不见回应。

然后，他们匆忙走到A甲板上的散步场地、吸烟室、图书馆、娱乐室及餐厅，找了个遍也不见南条的身影。无论走到哪儿，都洋溢着骨肉相见，情人、好友喜悦相逢的激动氛围。竹内他们被人群前挤后拥，渐渐地竹内脸上现出一副极不愉快的表情。

铃子和星枝登上了狭窄的楼梯，那里是儿童游戏室。

"哟，连玩沙的地方都准备了。"

星枝抓起一把沙子，惊奇地说。铃子却在狭窄的沙场哭着跪了下来。

"不像话，太不像话了。太过分了！"

"哭又能怎样?！"星枝说罢，紧闭双唇，握紧拳头，然后又说道，"多痛快啊。真有意思。"

竹内怒气冲冲地走到办公室。

"请问一百八十五号舱房的南条已经上岸了吗？"

"哎呀，客人这么多，我们也不知道呀。不过当班的服务员在那附近，也许他会知道吧。"办事员回答说。

他们又返回舱房，向正在打扫卫生的服务员询问。对方回答：

"客人大都已上岸了吧。"

一百八十五号舱房的门依然紧锁着。

两侧是船舱和空无一人的窄长走廊，只有白色油漆熠熠生辉。

女弟子们带着不安的神情在大厅里等候着，那里也寂然无声。竹内抑制住心头的怒火，苦笑着说：

"已经上岸了吧。早知如此，在岸上等他就好了。"

也许南条已上岸。码头分上下两层，接人的从楼下上船，旅客从楼上上岸。这大概是为了避免混乱吧。从岸上到船上架设的临时渡桥，也分上下两层。说不定在竹内他们上船以前，南条早已上岸了。

旅客的行李开始源源不断地被运了出来。

快要走下船时,星枝啪嗒一声把花束扔进了海里。铃子望了一眼那漂浮在波浪上的花束,怅然若失地凝视着自己手中的花束。

临港餐馆里又热闹起来,有人在席间发表回国演说。

出了码头的侧门,他们又对停在那里的汽车车厢搜索了一遍,依然没看见南条的身影。向报社记者打听,记者回答说他们也在寻找南条,想请他发表或谈谈回国的观感。

也许竹内难以忍受这种屈辱和气愤吧,悲伤之余想独自一个人待着。

"实在对不起,失陪啦,我先走一步。"

说罢,竹内连头也不回,扬长而去。

女弟子们面面相觑。星枝家的司机把车开了过来。

"回家吗?"铃子显得有些孤独地问。

"不回家。"星枝猛地摇摇头。

"可是……"

铃子一直盯着竹内的背影,热泪盈眶,倏地跑了过去。

"老师,老师!"

两个女弟子也一副为难的表情,望着星枝。

"不回家吗?"

"不回啦。"

"那么,再见。"

"再见。"

星枝又独自上船去了。她来到南条的舱房前,悄悄地靠在门上,合上双眼,一动不动,一副冷冰冰的面孔。

不论是仓库的红色屋顶、林荫道两旁的嫩绿景色、前方耸立着的白色洋房,还是从海面吹来的微风,一切都给人一种清新的感觉。铃子的皮鞋声显得格外响亮,兴许是她要追上竹内的心情变得更加急切了吧。她目不斜视,只顾往前奔走。

"老师!"

她追上竹内,差点儿跟对方撞了个满怀。

"啊。"

竹内虽露出几分惊讶的神色,但心头马上油然涌现出一股喜悦之情。

"你一个人吗?"

"嗯。"

铃子摘下帽子,一边甩甩头发,一边擦着汗珠。

"已经是夏天啦。"

"天气多好啊。"

铃子愉快地笑了起来。

"不知星枝她们怎样,我是跟在老师您后面追上来的。"

竹内默然不语。铃子走着,看着竹内的脸色,似乎并不在意。

"也许南条在旅馆里休息呢。"

竹内说着，走进新大饭店问了问。听说没有此人，他很快又出来了。

"咱们吃午饭去吧。"

在外面等候的铃子愁容满面，一个劲儿地摇头。

"那就走走吧。"

铃子点了点头。他们从郁郁葱葱的山下公园旁走过垂柳轻拂的谷户桥，再沿着两侧都是西洋花店的坡道朝山坡上挂着气象站旗子的方向爬去。这时传来了阵阵少女合唱的赞歌声，他们被歌声吸引，走进了外国人墓地。

说是墓地，其实非常明亮。在绿油油的草坪上，清晰整齐地耸立着一块块白色大理石，花草点缀其间，沐浴着初夏正午的阳光，简直是一个清洁、井然有序、欢快而静谧的庭园。站在山坡上极目远望，右边有海港里停泊的船只、海岸的街道、伊势佐木街的百货商店，甚至远处的重山叠峦也一一尽收眼底。

赞歌声是从远处山脚的墓地传来的，歌唱者多半是基督教学校的女学生。

入口路一侧的河堤上盛开着杜鹃花，嫣红似火，那色彩仿佛要映在大理石的十字架上。

在草坪和天空的衬托下，女人衣服的颜色看上去像是一幅幅鲜艳的图画。尤其年轻姑娘穿上和服，简直琳琅满目，令人眼花缭乱。前方一望无垠，仿佛浮在街道的上空。这里也是横滨的名胜之一，不仅前来扫墓的外国人，穿着漂亮的日本姑娘也流连其间。

铃子好奇地读着碑上镌刻着的铭文——"为了真诚地缅怀我的爱妻",也看了看刻在下面的圣句。这些与墓碑有关的人表现出来的挚爱和悲伤,顿时在铃子心中引起了共鸣,她自然而然地流露出纯真的情感。

"噢,老师,南条真的回来了吗?"

"回来了呀。舱房上明明写着他的名字嘛。"

"不会中途跳海了吧?"

"哪会干出这种傻事呢?"

"我不信!在那个舱房里,我总觉得是南条的遗骨或是灵魂什么的乘船回来的。"

铃子说罢,发现自己脚底下有座小坟,那崭新的大理石碑上雕刻着百合花。

"啊,多可爱啊!这是婴儿的墓呀。"

说罢,她把那束似乎早已忘却的花随意放在了这座墓前。

小小的墓碑前面,是用大理石围起来的花圃,里面不仅种有花草,还放有扫墓者献上的盆栽。

"星枝早把花束扔到了海里,她不像我还把它拿在手里走来走去。南条的事我也不想了,干脆就连花一起扔在这外国人墓地里吧。"

"是啊。"

竹内冷冷地回答一声,随即迈步走到海角边,在像鼻子一样突出的一块花圃边伸腿坐下。唱赞歌的少女们正沿下面的路往回走。铃子坐在竹内身旁说：

"老师，在上次举行的表演晚会上我就和星枝约好了，我们决不同南条这种忘恩负义的人跳舞，也决不去迎接他。只是老师您说要接他，所以……"

"唉，不说了。"

"我不相信他不跟老师您打招呼就踏上日本国土，岂有此理！"

"他可能有自己的想法吧，也许出现了什么情况。反正他确实乘'筑波丸'回国，并且已经上岸了。在日本全国找他也不值得。如果他要搞舞台表演之类，就藏不住了。到时你一定要抓住他不放。"

"我不愿意。"

"你是不是和南条有过什么约定？"

"约定？"

"在南条出国之前……"

"没有，什么也没有啊。"铃子认真地连连摇头，"只是当时我送他到码头时，他曾对我说，在他回来之前，不论遇到多大困难让我也不能放弃跳舞。仅此而已。"

"你应该守约啊。哪怕是把我这把老骨头扔到这片坟地里，你也要同南条一起跳舞啊。"

"那样的话就要与老师分开了。请您别说这种话啦！"

"这又有什么关系呢？艺术修行比这还要残酷得多哪。即使是自己的父母兄弟，也会相互残杀。要忘掉一般的人情世故，首先要有将自我献身于艺术的决心啊。"

铃子久久盯着竹内的脸。

"老师，您在说谎话吧？"

"说谎话的，应该是你。"

"老师您是最疼爱我的呀。"

"那倒也是。五年来，你不是日夜盼望南条回国吗？可他一旦回国，你却又担心害怕，一会儿担心南条不会搭理你，一会儿又害怕南条不会和你跳舞。因为南条没有事先通知乘什么船回国这点儿小事，你就立刻说他是忘恩负义的疯子，其实这些都不是你的真心话！"

"是真心话。老师，您不觉得南条太狠心了吗？"

"我当然很生气。"

"可是，您不是也来接他了吗？"

"是啊。为了让南条今后照料你们，我宁可忍辱负重。"

竹内嘴上说得冠冕堂皇，然而内心却有几分内疚和寂寞。他原打算把刚回国的南条接到研究所做助手，以提高人气，摆脱经济拮据的困境。但眼下铃子的心里根本没想这种事，她只是伤心地点点头说：

"嗯，我完全理解老师您的心情，所以格外愤怒。"

"对这些不必感情用事，而是要咬紧牙关干到底。"

"那该怎么办才好呢？"

"你不明白吗？要紧紧抓住南条不放手！想尽一切办法把他在西方学到的本领学过来。要抱着吸干他生命全部的劲头儿，把他的一切都学过来。这就是一种复仇的办法吧。倘使南条真的背叛了我和你，那么他就是一个坏人，你也会因此而跟他同归于尽。如果你爱他的话，这样一来，你也就没什么值得留念的了。我来给你收拾遗骨。永远无任何留念地活下去，这也许就是艺术的根本。整整五年，你思念南条，如今却为这区区小事使纯真的爱情变得淡薄，那真是太不值得了。"

铃子听着听着，不由得潸然泪下。

竹内这么大的年纪，竟然对铃子说出了这样一番话，这大概是出于对年轻人的嫉妒，对逝去的青春的悔恨，以及对铃子的怜爱之情吧。可是，当他察觉到这番话在铃子身上迅速引起了反响时，他马上就站了起来，接着说：

"即使南条是个忘恩负义的人，人们肯定也会为他的舞蹈喝彩的。"

铃子像依靠着竹内似的抬头望着他说：

"您痛苦吧，老师？"

"就说你吧，哭也是为南条哭的吧？"

"不。我是听了您这番话后，不知不觉地感到孤独。"

"请不要为我担心。"

"可我不愿意让老师您这个样子和我告别。"

竹内惊讶地望着铃子，然后又若无其事地说：

"友田的家就在这附近吧？"

"嗯，星枝大概已经回家了。"

"顺路去看看怎么样？"

铃子默默地摇了摇头，便站起身走了。

就在竹内和铃子走到外国人墓地的时候，星枝正一声不响地靠在南条舱房的门上，脸上显出一副冷冰冰的表情。

不久，响起了钥匙开门的声音，星枝悄悄地退到一边。门轻轻地开了，星枝的身体正好被掩在门后。一个女人从门里探出头来，望了望走廊。然后，南条从女人身后的舱房里走了出来。

南条拄着一根拐杖。

女人用手轻轻碰了一下门，门就自动关上了。

南条和女人发现了星枝，不觉一惊，便停住了脚步。但是，星枝和南条彼此并不相识。

星枝依然靠在那里，耷拉着眼皮，一动也不动。

南条他们无可奈何地从她面前走过。他们刚走不远，星枝也跟了上去。

女人不安地回过头来看，用怪罪的口吻问南条：

"她是谁？"

"不认识。"

"撒谎。"

"要是认识的话，早就打招呼了。"

"我在场，你装作不认识吧？"

"别开玩笑了。"

"可是，她不是等着你出来吗？"

"我并不认识她啊。"

"真不要脸,跟在我们后头来了。真讨厌!"

星枝没听见他俩的对话。她似乎很生气,握紧拳头捶了两三下自己的腰部。她板着面孔,紧闭嘴唇,像陌生人似的走开了。

船上已经没有一个乘客了。

码头上静悄悄的,只有码头工人正在搬运从船上卸下的行李。

南条和那个女人像逃跑似的从码头的后门走出去,坐上了出租车。

南条的右腿好像有点儿瘸。

女人看上去要比南条年长,三十多岁,是个西洋味十足的美女。

"小姐,您怎么啦?"

星枝家的司机惊讶地打开了车门。

"跟上那个瘸子的车。畜生!"

"哦,是刚才那两个人?"

"对,跟上!绝不要让他们跑掉,到哪儿也要跟上去!"

司机被星枝的气势吓坏了,赶紧驱车跟上。

"怎么回事?那是什么人?"

"是舞蹈家。拄着拐杖的舞蹈家,你见过吗?简直就像是哑巴一样的歌唱家,笑死人。"

"追上去又怎么办?"

"不知道。"

"您来接的就是他吗?"

"是啊。"

"那位夫人,是一起的吗?"

"不知道。"

"您过去就认识他吗?"

"不认识。"

"只要看清了车牌,他们去哪儿很快就会弄明白。"

"真啰唆。只要追上去就行。真是烦心。"

星枝粗暴地责备司机说。汽车风驰电掣一般驶出了横滨的街道,然后从藤泽穿过松林,一下子来到了碧波荡漾的大海边。江之岛就呈现在眼前。

这是相当远的路程。前面的轿车大约老早就发现了后面有车跟踪,或许是想甩掉星枝的车,才故意绕了这么远的路吧。

在南条看来,星枝的行为完全不可理解。从星枝的年龄来看,他离开日本时,她顶多十五六岁。对于这样一个少女,他是不会有印象的。而刚才她那副近乎毫无表情的冷淡态度,究竟又是怎么回事呢?这种态度与其说是傲慢和刚愎,还不如说是近似虚无的美,给人留下了恐怖的印象。然而他又不能停下车来问问她为什么要跟踪自己。

女人只得怀疑南条和星枝之间或许隐藏着什么秘密。尽管如此,这个千金小姐也不像是一个不正派的人,她这种跟踪到底的大胆做法委实令人费解。

星枝也觉得自己的行为几乎不可理解。

车子沿江之岛朝鹄沼方向奔驰。这是一条滨海公路，左边是沙滩，右边是一片整齐的松林，一眼望去，豁目开襟。柏油马路宛如一条白丝带，似乎一直伸延到遥远的伊豆半岛的天空。蓝天里浮现出富士山美妙的身姿。海边涛声阵阵，沙滩一望无垠。小松树低矮而整齐，一眼望去坦荡而明亮。还有些沙地上生长着密密麻麻的小松树苗。总之，到处都是松树林。

两辆汽车飞速行驶，看上去完全是在驾车兜风。

不一会儿，前面那辆小车在佛堂的松林处一拐弯，很快就消失在一幢别墅的庭院里。

后边的车子便放慢了速度，稍后也拐进了那条小路。星枝想看看门牌，于是把身子靠近车窗些，这时南条突然从门后出现了。由于路窄得连车身几乎都碰到路旁的树叶，所以南条和星枝的脸也贴得很近，甚至连对方的呼吸、肌肤的温暖都能感受得到。

星枝紧闭双唇，满脸通红。

"你是什么人？有什么事吗？"

南条强装若无其事的样子问。星枝默不作声。

"你一直跟踪我来到这儿的吧？"

"嗯。"

"究竟为了什么呢？"

"发疯了。"

"发疯了？你吗？"

"嗯。"

南条惊讶地凝视着星枝。

"唔，疯子。这倒有意思！我最喜欢疯子啦。难得跟到这儿来，那么请你到屋里坐坐，谈谈吧。"

"没什么可谈的。"

"太失礼了吧。你为什么要追到这儿来？不说清楚就不让你回去。"

"发疯了呀。"

"别开玩笑。你要愚弄人吗？"

"那是你！我只想侮辱……"

"什么？"

星枝暗示司机开车。她忽然伤心地闭上了眼睛。

"漂亮的拐杖也骗不了人。"

南条望着星枝的小车远去，好像做了一场噩梦。

铃子正在教少女们练习舞蹈的基本功。

这些少女就像上次跳《花的圆舞曲》时上台献花的女孩儿，年纪很小。铃子擅长教孩子们，她和蔼可亲，常常替竹内给孩子们上课。

在离这些小女孩稍远的地方，有三四个年纪稍大的学员在自由地练习。她们有的在横木上压腿，有的对着镜子做各种舞姿，还有的在练习组曲中的部分舞蹈动作。

竹内正在客厅里与舞蹈团的理事交谈。

他刚刚接到南条寄来的信，一脸困惑，不知所措。从内容上看，南条右腿关节患疾，只能依靠拐杖行动，不能像舞蹈家那样跳舞了。他成了一具活僵尸。他自己早已死心，可一想到恩师的悲痛，就不忍心让恩师看到自己可怜的样子。

以南条回国为前提制订的研究所振兴计划全泡了汤。虽说连归国的日期、轮船信息等事先都没有通知，但竹内仍坚信南条一定会回到自己的身边。他计划先在东京、大阪、名古屋等地为南条举行回国演出会。他已与影剧院签订了合同，以便率领自己的弟子登台演出。

"不过，他自己不能跳了，还可以担任艺术指导嘛。拄着拐杖指导，可以取得悲剧性的宣传效果，不也很好吗?!"年轻的理事说。

"我可不愿意把悲剧当作宣传。南条太可怜啦。"竹内不感兴趣。

"别说这种糊涂话啦。好容易派到国外去学了五年，如今人回来了，让他当个艺术指导，不正好也给他找条生路吗？"

"站在南条的立场上考虑的话，他也许希望把舞蹈忘得一干二净。反正不亲眼见到南条，就无法了解他的想法。估计他会来道歉的。"

"这种模棱两可的温情，只会害了南条。无论如何你也要叫他干啊。"

"究竟是谁模棱两可,你是不会明白的。"

理事毫不掩饰自己的想法。现在不是讨论这个问题的时候,应该利用一切有宣传价值的东西,以摆脱研究所的经济困境。这是没有错的!缴不起税金,钢琴也被没收了。税务局的拍卖通知几乎与南条的信同时到达。

总之,不见南条本人是无法具体商定演出会的,所以决定暂时搞一次单层和服的宣传销售活动。也就是舞蹈团到各大城市去推销单层和服,然后采取免费招待的方法,请购买单层和服的顾客们观赏音乐舞蹈会。到各地巡回演出,需要长途旅行,竹内担心身心不适,于是决定让铃子和星枝参加巡回演出。

"另外,南条拄拐杖的事请你保密。他连我也瞒过,悄悄上的岸。实际上我也没告诉我们团里的铃子哪。"

竹内叮嘱了几句,便同理事一起出门了。他来到排练场,铃子正和着童谣唱片的节奏,在指导小孩子们跳舞。她自己仿佛也变成了小孩子,做着示范动作。

年纪大的女弟子正在更衣室里脱排练服。

竹内观看了一会儿孩子们的舞蹈,然后走到铃子身边。

"我要出去一趟,拜托你啦。"

"嗯。"

铃子向少女们说了声"练习一下刚才的舞蹈",就走进里头,帮助竹内换衣服去了。

竹内边系领带边说:

"原定推销单层和服的旅行,请你也参加吧,虽然这活儿俗气。"

"什么事情都是一种学习吧。只要认真地跳,好好工作,就能……"

"这可是一次长途旅行啊!"

"节目都定下来了吗?"

"乡下巡回演出嘛,选一些受他们欢迎的、华丽的舞蹈节目就行。这种表演,按你所喜欢的去选吧。"

"好,回头我再考虑一下,衣裳也都会挑选好。"铃子说着,把竹内送了出来,"快要下雨啦,老师,您早点回家吧。"

铃子重新返回排练场。她闻了闻手里拿着的竹内的排练服,随即把它扔进了浴室,接着又继续指导童谣舞的排练。

不一会儿,孩子们都回去了。

宽敞的排练场上只剩下铃子一个人。

她将身体倚在钢琴上,稍事歇息,一只手却不由自主地弹起钢琴来。不多会儿又找出一张唱片,静静地听了起来。听着听着,她突然疯狂地跳起舞来。

她打开壁橱,这壁橱像是镶嵌在墙壁内的大型西服衣柜,里面挂满了舞蹈服。铃子触摸着这些衣裳,追忆着一桩桩往事。她利索地取出了两三件。

大概是要做些旅行的准备吧。她检查了拿出来的这些衣裳,看是否可以穿。衣裳上笼罩着舞台的幻影。铃子还想跳舞,就在排练服外又穿了舞蹈服。

天渐渐黑了,好像还下起雨来。

随着房间渐渐变得昏暗,如整面墙一般的大镜子反而显得格外明亮。铃子的舞姿犹如水中的鱼儿一般,清晰地映在镜子里。

门口传来了敲门声。

翩翩起舞的铃子没听见。留声机也正在放着音乐。

门轻轻地开了。铃子没察觉到有人进来看她跳舞,而且有一段时间了。

嘎嗒嘎嗒地响起了拄着拐杖走近的声音,正在跳阿拉伯舞的铃子随即停住了舞步。

"哎呀,南条?是南条吧?!"铃子跑了过去,差点儿摔倒在地,"你回来了。真的还是回来了。"

"你是铃子吧?我太高兴啦……几乎认不出来了。你真漂亮啊!"

"哇,你回来了。不过,你真过分!太过分了!"

铃子想摇晃南条的身子,摸到拐杖时,她突然又将手缩了回去。

"哎哟,怎么啦?你受伤了?"

"老师呢?"

"受伤了?站着行吗?"

"不要紧。老师呢?"

"这到底是怎么了?"铃子小心翼翼地搬来一把椅子,"我们到横滨接你去了,可是怎么也找不到你。真伤心啊。"

"我躲在舱房里啦。"

"躲在舱房里?"铃子脸色煞白,紧紧盯住南条,"原来你在呀。我们那样敲门,你竟……你真是个可怕的人。那时老师也一起去了呀。"

"老师呢?"

"出去了。你打算怎样向老师道歉呢?你太过分啦。"

"所以,我是来向老师告别的。"

"告别?"

铃子怀疑起自己的耳朵,南条则平静地点了点头。

"我就像忘掉了歌唱的金丝雀一样。正如你看到的那样,我再也不能跳舞了。"

铃子久久说不出话来。

"没见到,反而不会使我感到难受。铃子,你可以代我向老师郑重道歉吗?请对老师说'南条没有自杀,算是苟且偷生吧'。"

天越来越黑了。

"对不起,我……"

铃子大声而断断续续地说。她泪水夺眶而出,仿佛在呼唤远方的亲人似的,喃喃自语:

"不能跳也行,不能跳也行啊。"

这话大概渗进了南条的内心,他沉默了。

"我盼啊、盼啊,一直等着你回来。我就是在盼望中长大的啊。"

"可是，对老师、对你而言，我都成了一个废人。"

"不，我需要你，我需要你呀。"

"我对你能有什么用？我能做什么呢？"

"能！就算你什么也不能干，有一样总是可以做到的。"

"爱吗？"南条结结巴巴地说，"可是……是啊！你和我所能做到的，就只剩下一起去死了。"

"死也可以呀。"

铃子大哭起来。

"请你不要哭。想哭也不要哭出来，因为这里还有一个更加凄惨的人。"南条说着从椅子上站了起来，"我觉得你不是那种感情用事的人啊。"

"这是你的误解。我清楚你对爱情是渴望的。"

"天黑了。让我看看这令人怀念的排练场后再回去吧。"

南条伸手去摸自己依旧熟悉的开关。刚一拧亮电灯，他不由得大吃一惊。

正面挂着的是星枝的照片，正和他目光相对。那是一张上半身的舞蹈照片，但他一眼就认出是星枝。

"那个疯子！"

南条情不自禁地喃喃自语，然后若无其事地凝望着照片说：

"这个人很漂亮啊！她也是师妹吗？"

"是啊，她叫友田星枝。前些日子，老师为我和她举办了表演会。星枝也到横滨去迎接你哩。"

铃子说着，擦了擦眼泪。

南条将并排挂在墙上的照片环视了一遍后说道：

"看样子，弟子不少啊。研究所的情况怎么样？"

"日子不好过啊。亏你还问到这些事，为了让你去留洋，老师把这房子都拿去做了抵押。你忘了！后来给你寄的生活费也是……"

"这我知道。"

"师母已经去世了，你知道吗？"

"知道了。她比我母亲还要疼爱我。"

"打那以后，老师不知怎的，身体一下子就衰弱了。"

"是吗？"

"老师说，你回来，他就可以安心退休了。他一心指望你回来呀，看样子他打算把研究所都交给你哩。"

"请告诉老师，南条没能自杀，而是回来了。"

"这究竟是怎么一回事？"

"你问这个吗？我的关节坏了。"

"什么？坏了？脱臼还是骨折？痛吗？没法治好吗？你说话呀！"

"这是我一生要用的腿啊！"南条用拐杖咚咚地敲着地板说，"用木腿是不能跳舞的啊！"

"什么呀，这玩意儿！"

铃子猛地一脚把拐杖踢飞。南条受到冷不防的突然袭击，一连向前趔趄了几步。铃子见状，敏捷地将他的右臂放到自己的肩膀上说道：

"你把我当作你的腿吧。不是木腿，而是用人腿走，不行吗？啊，你这不是能走了吗？"铃子说着，亲切地拉着南条走起来。

"老师把你当作自己的儿子……哪有父母责怪残废的孩子的呢？"

"谢谢。我也想用有血有肉的人腿去走路啊。"

南条说着，悄悄地离开铃子，把拐杖捡了起来。

"请向老师问好。我今后恐怕不会去见他了。"

"我不让你走！"

铃子紧紧追上去。南条靠在钢琴上，用拐杖的头使劲地敲了两三下放在钢琴后面的西洋大鼓。

铃子闻声吓了一跳，撒开了手。

"我要让你睁开理智的双眼！"南条说。

铃子忽然意识到，南条刚才说的"你"指的是南条自己，还是铃子呢？就在这时，南条走出了门。

"你要到哪儿去？下雨了，你现在要去哪儿？"

铃子追出去，想不到外面有辆汽车在等着他。他已经上车走了。

她呆呆地折回到排练场。

突然，她似乎想起了什么，大叫一声：

"铃子！"

同时"咚"的一声使劲敲了一下大鼓。

"铃子!"

她又敲了一下大鼓。

铃子扔下鼓槌,利落地脱掉衣裳,走进浴室,开始洗竹内的排练服。

这是一间镶着白瓷砖的干净浴室。

铃子洗完了一件排练服。她伸了伸腰,若有所思地站了一会儿,然后泡在浴缸里,整个身子仿佛被一种温暖的东西拥抱着。她不由得微笑起来,但又马上往脸上浇了浇温水,然后有意无意地看了看自己的胸部和胳膊。

电话铃响了。

铃子被吓得猛地缩成一团,开始环视周围的动静。

她光着水淋淋的身体,披上后台用的衣服去接电话。电话在静谧的房间里不停地尖声响着。

不知为什么,铃子心跳得厉害,声音也堵在了嗓子眼里。

"喂,喂,竹内舞蹈研究所。"

"啊,铃子,就你一个人吗?"

"星枝?是星枝吗?"铃子这才放下心来,"实在对不起,我正在洗澡呢。"

"噢,在下雨哩。"

"洗澡,我正在洗澡呀。喂,喂,你在家里吗?你是从家里打来的吗?那以后总也不见你来,这可不行呀。你在干什么?"

"今天吗?"

"嗯。"

"我在用望远镜观看海港哩。"

"讨厌！你一直没来，让人担心呢。"

"'筑波号'今天起航了。"

"'筑波号'，是吗？"

"喂，喂，那个叫南条的，很奇怪呢。"

"嗯，他刚刚来过了。我正想说这件事哩。他真可怜啊，他的腿瘸了。瘸了，你知道吗？他成瘸子了，再也不能跳舞啦。他说那天他躲在舱房里来着……"

"是吗？"

"他不想让别人看见自己，我想这也情有可原。他是来向老师道歉的。老师不在，他让我转达说，南条没有自杀，而是回国了，算是苟且偷生吧。他来辞别，老师刚好不在。"

"他还是拄着拐杖吗？"

"嗯，吓我一大跳。正好是傍晚，他像个幽灵似的溜了进来，就站在昏暗的排练场。"

"接下去怎样了？"

"你是说南条怎么样了吗？我想到那条腿真的不能跳舞，今后可怎么办？"

"铃子，你又哭了？"

"他看上去情绪很低沉，不想听我的劝告，像是不想再活下去啦。"

"那是假的。"

"假的？他明明说是来告别的呀。就算是老师，也不能放手不管啊。"

"但……我说的是拐杖，那拐杖是装样子的。"

"什么？不是吧。喂，你听不清楚吗？星枝，你那边在放唱片吗？"

"嗯。"

"你听我说，南条是拄着拐杖来的。"

"知道了。见过了。"

"嗯，他刚走。啊！刚才你说'见过了'，是说你见过他吗？"

"是啊，所以才给你打电话嘛。"

"星枝，你见过南条？是见过南条吗？在哪儿见的？真的吗？快告诉我。"

"本来就是想告诉你的，可你那边说个没完没了。我一直等到他从舱房里出来。"

"你等他了？那时他没有拄拐杖吗？"

"拄了。"

"那你为什么说'是装样子的'呢？为什么？"

"也没什么根据。"

"请讲明白点儿。我不相信。你怎么知道那是假的呢？"

"只是有那种感觉罢了。"

"为什么会有那种感觉呢？真奇怪，他有必要拄着拐杖装样子吗？"

"谁知道呀。大概是同一个女人一道回来的缘故吧。"

"女人?"

"喂,喂,铃子,你见南条的时候,他真的瘸了吗?"

"嗯。"

"那也许是真的瘸了吧。或许是我想错了。"

"那么,我现在可以到你家里去吗?晚了,就睡在你家吧。"

"好啊。"

"还有老师的事情。"

"那么,铃子你又怎么想的呢?是跟南条结婚,还是分手呢?"

"哎呀,我可没想过这些。"

"是啊,瘸腿的舞蹈家,还有什么用?对你来说,舞蹈比结婚更重要吧。假如有一天你见到了南条,被他拄拐杖的假象给欺骗了,以为同不能跳舞的人无法结婚了,那就上大当了。所以,我这才给你打的电话。"

"星枝,你的话我怎么听不明白呢。你说你等了,只有你一个人等南条从舱房里走出来吗?"

"嗯。"

"这又是为什么呢?你这个人净做些怪事。"

"喂,南条也问过我干吗要追上来,我说我发疯了。他同一个女人拐进佛堂边一个叫森田的家里呢。"

"森田?佛堂边?你也一起进了佛堂边的家吗?"

"没，只是紧跟在后头罢了。"

"佛堂边，一直跟到佛堂边了吗？"

"喂，喂，怎么啦？马上就过来吗？我派人到车站去接你。"

"嗯。不过，今晚不去了。还有，谈妥了一份旅行合同。因为南条的缘故，一切计划都被打乱了。老师真可怜啊！虽然这是宣传推销单层和服的旅行，但请你也帮帮老师的忙，我们两个人去。现在就连这部电话，也要成为别人的东西啦。"

"推销什么单层和服，真不想去啊。"

"老师真的很为难了。"

铃子咔嚓一声把电话挂了。

林子里传来了手枪声，断断续续四声。

最后一声枪响后，传来了男女的欢笑声。

但是，只有星枝一个人拨开绿叶青枝，走到庭院里。

林子和庭院之间并没有明显的界限，林子围着庭院，一边延伸着一条小路。

小路对面是桑田，透过桑叶间的缝隙可以俯视山谷。山谷的溪流边有一小块水田，寂静地闪着光亮。蝉儿像才想起什么似的，吱吱叫个不停。

这里是温泉浴场，好像也成了人们冬季滑雪、夏季登山的歇脚之处。这幢别墅与此处的风景相得益彰。虽是简易的建筑物，但旅社等都集中在比这稍远的高处，所以这别墅给人一种山中独院的感觉。

星枝好像情绪亢奋的猎手一般，动作原始而粗犷。她闪动着哪怕是野果也能吃下的目光，气势仿佛要踏破山林。她身着轻便的散步服，十分合体，但因动作过于自由反而显出几分夸张，略显兴奋，看上去又带着几分危险。

她边跑边甩掉鞋，一连做了两三个大跳跃，又连续激烈地旋转，然后猛地摔倒在地上。

庭院犹如一片没修整过的草坪，杂草丛生，一直延伸到林子里。星枝那白色的身姿就静静地躺在翠绿的院中。

星枝单手托腮扬起头来，夕阳从正面照射过来。淡淡的行云逆着阳光流过。眺望倾落在远山上的夕阳，星枝多少流露出渴望的表情，她眼含着泪花。

她自然而然地以舞蹈姿势站起来，然后翩翩起舞。

说是舞蹈，实际上则是一些随意的即兴动作，是把基本功连在了一起而已。

她一直跳到刚才甩掉鞋子的地方，正要捡起鞋子时，无意中看见小路的树荫下有个缩着身子的人影。

星枝沿小路奔去，看见一个拄着拐杖的瘸子正急匆匆往下走。星枝发现了他，但没停下脚步，只是稍稍放慢脚步跟在后头。他今天拄的不是松木拐杖，而是白桦木拐杖。

南条回过头来，微笑着说：

"又追了过来。"

"嗯。"

星枝机械性地回答了一声。与其说她正视着南条，倒不如说是瞪视着南条，她的眼里又燃起了刚才那股粗野的火焰。

然而，南条却充满激情说：

"简直跟竹内先生一模一样啊！"

"太没礼貌了。"

"不，也许我的说法不恰当。不过对我来说，真是很留恋啊。竹内先生的舞蹈是我童年时代希望和憧憬的一切，所以我是在夸你。我得承认你很有才华，甚至也觉得你超过了老师。"

"我是说你偷看，没礼貌。"

"是啊。不过，把一个躲在船上的人一直追到佛堂，甚至追到这大山里来，到底是谁没礼貌呢？"

"假装瘸子的人没礼貌呗。"

"假装？"南条惊讶地望着星枝，又笑了笑，然后在路旁坐下。

"那松木拐杖怎么回事？"星枝并不是在讽刺，而是冷淡地问。

"我嘛，对跳舞已死了心，甚至感到厌倦。可是，星枝你是在追赶我吧？"

"我不觉得是在追赶你呀。"

"那么，可能是舞蹈在追赶我吧，舞蹈还没有抛弃我。对我来说，你就像舞神派来的天使。"

星枝靠在路旁，把刚才提在手上的一只鞋穿上。

"舞蹈也好，舞神也好，我都讨厌！我只想弄清楚松木拐杖是否在装模作样就行了。"

星枝冷淡地说完后，正打算扬长而去，南条随即起身跟了上来。

"星枝，你在佛堂处说，你就是想侮辱我，指的就是这事吗？"南条拖着那只瘸腿，边走边说，"我在研究所看了照片，才知道你叫星枝。你还到横滨来接过我。当时我做出一副十分懦弱的样子。我为什么要躲在船上？现在我可以告诉你了。那就是你的舞蹈感动了我！现在我请你不要逃走。"

"逃走的正是南条你吧。"

"是的，我是想从舞蹈中逃脱出来。"

"舞蹈不舞蹈，我才不管呢。铃子马上要到佛堂边的你家去，你却紧闭着门！原来是逃到这深山里来了。"

"逃？对我的神经痛或风湿病等，这里有疗效啊。这里是有名的温泉哟。多亏到这儿来，我的腿也逐渐好起来了。"

星枝不由得回过头去，用女性温柔的目光诧异地看了看南条的腿，但立刻露出一副更加严肃的面孔，像是生气了，于是气愤地加快了脚步。她紧闭着嘴唇。

"刚才是星枝你打的枪吗？"

"我爸爸打的。"

"啊，这么说，刚才碰见的是你父亲啊。我当时一边走一边发呆，那枪声惊醒了我。那时，我又看见星枝你在翩翩起舞,感觉眼前猛地一亮。早已在体内坏死的舞蹈细胞,刹那间又复苏了。"

星枝唐突地问道:

"能治好吗?"

"我的腿吗?当然能治好。问题是可不可以恢复到能跳舞的程度。"

"我不想再听下去了。请你回去吧!"

星枝仿佛在呐喊似的。南条猛地闭上眼睛,他的额头在颤动。

两个人不知不觉走进了刚才的那个院子。

"能再跳一次让我看看吗?"

"不行!"

南条环视着庭院和林子的上空,又说道:

"能像大自然里鸟儿鸣叫一样随心,能像蝴蝶飞舞那样轻盈,那才是真正的舞蹈啊。舞台上的舞蹈是堕落的。刚才我在一旁看了你的舞姿,就抑制不住想和你一起跳舞的冲动。身体跟着不由自主地动了起来,就像坟场里的死人站起来翩翩起舞一样。"

星枝不由得后退了几步。

"可不是吗?从舞蹈的角度来看,我已经是死了的人。我连做梦也没想到自己如今会变得那么想跳舞。能不能请你再跳一次给我看看?"

"不能!太恶心了。"

"那……摆个姿势也行。"

"我已经说过不愿意了!"

"那么,我来试着跳跳好吗?"

"请便。"

星枝随随便便地说了出来,但同时她又诧异、恐惧地望着南条。

"瘸子舞啊!"

南条噗的一声笑起来,他的脸色似乎有所触动。夸张一点儿说,在他脸上瞬间闪过的神情是善与恶、正与邪。

尽管他不知怎样处理右手拄着的拐杖,但还是马上举起左胳膊,拖着瘸腿,开始跳了起来。

这是充满凶兆的、奇怪的舞蹈。一只胳膊的动作美极了,这反而令人生畏。

然而,南条跳了不到十五步就突然停住,一屁股坐在了庭院的草坪上。

"像妖精、魔鬼跳的舞吧?"南条说。

星枝站在庭院尽头白桦的树荫下,一言不发,依然是一副冷冰冰的面孔。

"与星枝你的舞蹈相比,简直是天壤之别啊。我的心情就是这样低沉。为什么我想再看看你跳的舞,我想你应该充分理解了吧。"

"真烦人。你是认真的吗?"星枝自言自语。

"认真?其实我现在正处在生死关头,站在人生的十字路口。从小我就沉迷在舞蹈中。也许是一种因果吧，若看不见舞蹈，我就不能清醒地觉察到人的美、人生的可贵啊。"

"我不喜欢看见别人认真的样子，也讨厌自己一本正经的样子。即使在舞台上跳舞，只要一看到观众认真观赏，我马上就没了兴趣。要想认真的话，我一个人的时候就行。"

"你也是个可怜的疯子。"

"是啊。我一开始就是这么说的呀，在佛堂的时候。"

"我最喜欢疯子，当时我也是这么说的。也许舞蹈就属于这类性质。让肮脏的灵魂变得更肮脏，却通过身体的动作来表现纯洁的灵魂，无非就是这样。"

"我不再跳舞了。"

"不跳了？为……为什么？"南条吃惊地注视着星枝，"为什么不跳了呢？请老实告诉我这事的原因，好吗？"

"我害怕，不知为什么，我总感觉这样跳下去，自己要变成另外一个人了。我害怕，一跳舞就变得认真，跳完后就感到寂寞。"

"这就是艺术家，就是人们所说的'天才的悲哀'啊！"

"胡扯！我不想被什么东西俘虏。什么艺术，我并不认为它有什么价值。我总希望我就是我。"

"这就是星枝你的美，也是这种美的身躯发出的声音。"

"我只想平凡地生活，再没有比这更自由的了。"

"你要结婚吗？"

星枝没回答。

"看见你那充满生机的舞蹈，可现在我又感觉你的心灵是如此疲惫。真是不可思议啊。"

"你失礼了吧。我哪有什么疲惫？"

"你受伤了，确实受伤了。"

"我没受伤。那是你戴着艺术的有色眼镜看人才会这么认为的。我感到厌烦，所以才不再跳舞的。停止跳舞是证明我没有疲惫，也没有受伤！"

"那么，刚才那些是什么？"

"哪些？那是游戏，孩子们蹦蹦跳跳的游戏。"

"在我看来，那才是舞蹈，它使我感受到生命的美好跳跃。"

"那是你装瘸子的缘故吧。"

"所以，我想再看一次星枝你的游戏，我这样恳求你！有不少求神拜佛后瘸子也能站起来的奇迹啊。"

"我讨厌奇迹！"

"如果借助你又蹦又跳的这股劲头，我能把这根拐杖甩掉就好了。凭借这股力量，也许我能站起来。"

"凭借自己的力量马上能站起来，那岂不是更好？如果我的游戏真有使瘸子站起来的力量，那么你自己的舞蹈就能治好你的瘸腿，这点应该不成问题。"

"是吗？"南条的眼睛里含有几分敌意，但他马上又像下了决心似的说，"按星枝你说的话，我试着跳一跳吧。"

"那就请便吧。"

"像这样残酷的表演,兴许对我有好处。"

南条还是右手拄着拐杖,拖着瘸腿跳起舞来。

但这次同刚才跳得不同,大概由于生气的缘故,身体的动作不灵活了。

"我这辈子早就不打算再跳了。"

"为什么?"

"因为我热爱舞蹈。舞蹈嘛,我真的多少懂得一点儿。"

南条断断续续地说,舞蹈也越跳越激昂。

南条的舞蹈像多年的沉渣在翻滚中出现沸腾,眼看就要喷出火焰。

星枝随着南条舞蹈的变化,目光变得越发好奇起来。

她的目光从讨厌看丑恶的东西转变为害怕看危险的东西,之后她又带着一种不安的胆怯情绪,用左手抓住头上的白桦树枝。

南条还是拖着瘸腿跳着,但他的手脚已经变得轻松自如、自由奔放了。

他的动作越激烈,跳得越快,那光线的流动就越美。

星枝使劲儿握紧拳头,慢慢地把白桦树枝放到自己的胸前。

白桦树枝弯成了弓形,眼看就要被折断。

"星枝,游戏!你教我的游戏真有趣啊。"

"美妙极了。"

南条停住舞步,突然望了望星枝,然后边跳边说:

"游戏不是给人看的,是一起来玩的呀。你也跳吧。"

星枝像要保卫自己的身子似的,抱紧了胸脯。南条又朝对面跳去。

"能跳啦,我也能跳啦,舞蹈又使我复活了。"

这像原始人、野蛮人,或是某种蜘蛛、小鸟在求偶时跳的舞。

星枝仿佛听到南条舞蹈的伴奏音乐声越来越近,也越来越高昂。

南条转过身来说:

"自古有曰:别人跳舞,你亦须跳。"

"你还在装瘸子。把骗人的拐杖扔掉吧。"

星枝的声音温柔而颤抖。

南条迅速跑过来,攥住星枝的右手催促说:

"只要有活的拐杖……"

星枝仿佛遭到突然袭击似的,被南条那只有力的手拉了过去,但她忘记了松开手里攥住的白桦树枝。

那根树枝从树干上断裂开了。

星枝失去了支撑,咚的一声撞到南条的怀里。

"糟糕,糟糕!"

她佯装要用那断裂的树枝打南条,而没有举起那根长长的拐杖。

南条也跟着打了个趔趄。他拄着拐杖站住后说:

"有温暖的人做拐杖,还要它干吗?"

话音刚落，他就用尽力气把拐杖高高地抛起来。

接着，他邀星枝跳舞。

正出神地望着拐杖去向的星枝，这时突然露出不该有的羞涩。

起初她并没觉察到自己那娇媚的神态，后来脸上泛起了一片红潮。

南条像手把手教她似的，缓缓地跳起舞来。

起初星枝还有点儿拒绝，但后来渐渐与南条合拍了。不久，两人似乎被一股暖流包围了。南条加快了舞步。

"能站起来啦！瞧，我的腿能稳稳地站起来啦！你瞧。"

南条大叫起来。他没有松开星枝的手，仿佛火焰般的旋涡一样向星枝席卷而来，在她身边跳了起来。不一会儿，他冷不防地把她一下子抱了起来。

然后，粗暴地跑进林子里去了。

他轻轻地抱着星枝，腿也不瘸了，看上去好像是舞蹈的继续。

黄昏渐近，鸟群仿佛被晚风追赶似的飞过了庭院。

他俩边跳舞边脱掉了鞋子。南条连外套也脱了下来。树林长长的影子在风中轻轻地摇曳。

大概是到马市去吧，小马顺着山路往下走来。

主人骑在母马身上。小马连根绳子都没系，摇摇晃晃、可可爱爱地跟在后面。

三四个村里人背着细细的青竹捆走了过来。

旁边的小山被建造成一个游乐园，有人在上面做游戏。附近传来小学生的童谣声，好像是个百人左右的合唱团吧。

小山坐落在溪流边，南条从刚才就一直坐在那里。此刻他心神不定，一会儿回头望望山路，一会儿又眺望远处重山中飘浮着的夏季的云彩。

星枝同她的父亲并肩走下山来。

父亲抬头望着传来童谣声的小山说：

"孩子们已经来啦。"

看见星枝的父亲也一起来了，南条躲到了背阴处。

强烈的阳光使星枝焦灼不安。她一个劲儿地环顾四周，当看到南条时，不由得想加快脚步走过去。

父亲正在观看溪流和对面的群山，没有察觉到。

"他们是一群租借胜见的房子居住的孩子呀，都是东京体质虚弱的儿童。想到胜见的蚕种养殖场也成了孩子们的住所，我就感到心痛。"

星枝一副心不在焉的样子。

"不过，总比大仓库闲着，结蜘蛛网强啊。这也许就是胜见的风格。所谓'不养蚕卵养幼儿，让他们茁壮成长'，胜见的口头禅就是为社会、为国家做贡献，哪怕是白借给他们住也行。连葬礼也是那样。记得我曾经对你讲过，他是蚕种界的一流人物，甚至从总裁亲王那里得到了两万日元奖金呢。他不仅在地方，而且在中央蚕丝行业协会也是个举足轻重的人物。可惜他的葬礼办得太寒酸。虽然他本人总以一介村夫自居，但葬礼也过于简单了。蚕丝界的许多知名人士都特地从东京赶来参加葬礼。作为他的朋友，连我都觉得寒酸。据说这是他的遗言，要把办丧事的费用捐献给村里，什么都按这个方针执行。"

"是吗？"

"近来什么拯救体质虚弱的儿童之类的，好像很火热。"

"嗯。"

"以前每年都有学生到胜见这儿来，他们是蚕丝专科学校的实习学生。为研究蚕种而漫游世界的奇特人物，恐怕只有胜见一个人哪。他很有名望，人们总想推荐他担任县议会议员或国会议员，可他总是说养蚕太忙，没有闲工夫，还是搞这方面的研究对国家有用云云。他一辈子与蚕打交道，再没有像他这样令人钦佩的了。他并非贪图私利，而完全是出于爱好。"

绕过小山脚，首先出现在他俩面前的就是胜见家，那是一座白色墙面的蚕种养殖场。

这房子耸立在河岸边堆砌起来的壮丽的石坝上，像一座城堡。这是一栋仓库型的两层楼房。两排窗户全敞开着，恍若把白墙切开似的。不过都安装上了纸拉窗。

从库房的一端到拐角处均是古色古香的平房，库房远比那些平房雄伟壮观。

"那里面的标本、研究书什么的，现在都白白糟蹋了。我想劝他们捐给专科学校或蚕丝会馆。"

"他们为什么不搞蚕种买卖呢?"

"胜见去世后,他儿子又不成器。要保持住'胜见蚕种'的信誉,绝不是一件容易的事,需要不断从事新的开发研究,以确保在品种改良的竞争中取胜。与其孵育出有损胜见信誉的蚕种,还不如干脆停下,至少这样还能帮弱小的蚕种商一把。估计这是胜见夫人的想法吧。"

"要是能帮助弱小的蚕种商,倒是件好事。"

"胡说!最重要的还是要培育优良品种,把蚕养得更好。你如果也像体质虚弱的儿童那样说话,那就去练习打手枪吧。"

"手枪?"

星枝喃喃自语,声音很小,仿佛回忆起一场噩梦。

"对,手枪。昨天打中了,真高兴啊。在这样的天空下,山上的空气、声音都不同。今年冬天,我带你打猎去。"

父亲说着,猛地抬头仰望晴朗的天空。

"而且,胜见夫人一个妇道人家也不愿意操这份心,去使唤那么多人。她有财产,有多少金钱路人皆知。股份可能属于各个地方,但山林多得不计其数啊。"

"我回去……还打枪好吗?"

"可要对你妈保密呀。这个库房也许还会重新利用。那些以前在这里工作过的手艺人,其实是胜见的工作助手,都是干这一行当的能手。这次他们想复兴'胜见蚕种',来和我商量。都是胜见的弟子，对研究也很热心，但他们要自己经营蚕种买卖就不擅长了。"

"那么，爸爸您也要加入其中吗？"

"也不是什么了不起的买卖，我去劝劝胜见夫人，以后搞个小公司什么的，弄出一个经营的模式来。"

"这同那件事有关系吗？"

"哪件事？你的婚事吗？别说傻话了，这种胡乱猜疑属于体质虚弱的儿童。胜见的儿子只不过被你迷住了，真可怜。不过，那孩子倒也不是傻瓜。"

两人来到了胜见家的门前。

门前十分安静。从宽广庭院里的参天古树可以看出这家具有悠久的历史，像是有来历的名门望族。

远看并不华丽，但走到门前一瞧，宅邸古雅别致，悠悠微暗，不禁令人流连忘返。

库房的白墙上至今依然挂着"胜见蚕种养殖场"这块大招牌。

父亲停下了脚步说："顺便进去看看这座古建筑吧。只要能赶上下趟公共汽车就行，反正傍晚前能到达那边就可以。"

星枝轻轻地摇了摇头，而后望着父亲的脸说：

"那件事，希望您给谢绝吧。"

"好。"父亲望了望星枝，示意自己要走，然后就跨进了胜见家的大门。

星枝突然抬头望了望库房，便马上走开了。

下了坡道，便是温泉浴场。

偷偷跟在后面的南条看见只剩下星枝一个人了，就飞也似的赶了上来。今天他又拄着拐杖，看上去像飞跑一般。

来到温泉浴场时，南条高声喊道：

"星枝，请等一下，星枝！"

这是村里的公共浴场，是一座寺庙风格的建筑。为了热气散发，屋顶开了格子窗，窗上还加了个小屋顶。

在路旁树荫下嬉戏的村童听见南条的喊声，都一齐回头张望着这边。

星枝呆立，忽地闭上眼睛，然后又冷冷地睁开了眼睛。

"又拄松木拐杖了？"

"我从后面追上来的，你没发觉吗？"南条喘着气但明确地说道。

"我早发觉啦。"

"我从报上看到竹内老师要来的消息，心想你肯定会上街。我从上午就在游乐园底下等你经过。本想去见见令尊，向他说明我的愿望，但又觉得这样做未免太唐突，我想还是先弄清楚你的想法。"

"你想要我父亲做什么？"

"这还用问吗？不过，在此之前，我还要请你好好了解我南条这个人。就拿这根松木拐杖来说，也是那样。你从一开始就把这东西说成是摆架子，由此看来你是非常憎恨、蔑视我这根拐杖的啊。不过，促使我把这根拐杖扔掉，让我第一次依靠自己的双腿站立的,也是星枝你呀。我很感谢这根充满爱的魔术般的拐杖哩。"

"这是恶魔的拐杖。"

"这是法国制造的。它跟随我从法国到美国,如今我还真有点儿依依不舍。不过,有了温暖的人可以依靠,我终于要同它分手了。若不是昨天我看到你的舞蹈,也许这根拐杖将伴随我一辈子哩。"

"真是神话呀。"

"神话?"

"是啊,希腊神话的舞蹈。"

"哦,不错。那确实是希腊姑娘的舞蹈,给我的舞蹈新的生命。邓肯①回归希腊舞蹈的精神,使得她的舞蹈耳目一新。"

"我可不是神话中的姑娘。那种舞蹈,只不过是一种神话罢了。请你把我看作是可怜的疯子吧。"

"什么?你是说那只不过是魔鬼附体吗?是身份不同的缘故吗?我爱你仅仅是痴心妄想吗?"

"那只不过是一种舞蹈。昨天我讲过了嘛,我已经不跳舞了。多可怕啊,那是舞蹈吗?我真正觉醒,平静下来了。我

---

① 邓肯:伊莎多拉·邓肯(1877—1927),美国舞蹈家,现代舞的创始人,是世界上第一位赤脚在舞台上表演的艺术家。她创立了一种基于古希腊艺术的自由舞蹈而首先在欧洲扬名,其后在德、俄、美等国开设舞蹈学校,成为现代舞的创始人。主要舞蹈作品有根据《马赛曲》、贝多芬的《第七交响曲》、门德尔松的《春之歌》和柴可夫斯基的《斯拉夫进行曲》改编的舞蹈。著有《邓肯自传》《论舞蹈艺术》等。

只想做个平凡的人,这辈子再也不跳舞了,希望你能理解我。"

"你这是懦弱!"

"南条,今天你不也是拄着拐杖来的吗?"

星枝说完,像要逃脱似的走进了汽车房。可她一看南条的脸部表情,就觉察到他肯定会一起乘车。于是她不情愿地走了出来,抄小道而去。

对于星枝的这个举动,南条似乎毫无对策,只是一个劲儿地缠着她。

河边是一片白色的小石子。温泉旅馆的院子、窗子都朝着河边的方向。

河流两侧低矮的小山起伏重叠。远眺河流下游,星枝顿时觉得背上冒出了冷汗。

"松木拐杖,总说松木拐杖,其实我想说的就是它。你知道吗?我突然甩掉那根从法国就一直伴随着我的拐杖而那样自由地跳舞,这究竟是怎么回事呢?在出现奇迹的一瞬间……"

"我讨厌什么奇迹!"

"这是一种懦弱。奇迹绝不是鬼神的妖术,而是生命的火焰在燃烧啊!一旦跳起舞来,马上就能表现出来。你是一个有着非凡天赋的人啊。"

"我就讨厌这些。"

"你还是跟昨天一样,害怕自己的天赋呀。"

"是啊。没有什么理由一反昨日的常态嘛。"

南条诧异地望着星枝说：

"这样小气的谎话，我一跳舞又会像做梦一样，忘得一干二净。"

"什么谎话呀？"

"当然是谎话。除了星枝你的舞蹈，其他统统是谎话。你就是这样一个人，但不要嘲弄我的松木拐杖。星枝你自恃年轻，偏要拿我的松木拐杖说事，且用绷带包住自己的心，装出坚强的模样，那才是真正的虚荣。在我出国的这段日子里，日本姑娘怎么变成了这样？"

"嗯，我就是这样认为的。虽然你有些信口开河，可能是你长期待在国外的缘故吧，但并不适合我。"

"是吗？我想和你说，昨天的舞蹈非常适合我刚才说的。舞蹈家用舞蹈的语言来沟通，其他任何语言都成了障碍。虽然你我都说再也不跳舞了，再也不跳舞了，但实际上咱俩离开了舞蹈就活不下去。你不认为这有充分的证据吗？"

"这是神话。不带有任何责任……"

"我懂，你想说你不爱我。可是，星枝，爱一个人就那么难吗？"

"你误解了。"

"我想更坦率地告诉你。首先我必须要道歉，是我太高兴的缘故，连做梦也没想到险些被推进无底的深渊。我不相信那种事。你才是真正误解我了。第一，就说这根松木拐杖吧，听说你父亲是做生丝贸易的，你家又在横滨，如果你也懂得外汇行情，那么你也会同情我的这根松木拐杖。你难以想象整整五年，我在欧洲过着多么凄惨的生活啊。在'新归国者'这块响亮的招牌下，如果我登上舞台的话，肯定会有人嘲笑我：'你瞧那个乞丐，给日本人丢脸的家伙。'在国外时，人们把我当作讨人嫌的日本人。这根拐杖，对我装扮成乞丐倒是很方便的。"

南条用松木拐杖戳了戳地板，又说：

"不过我绝不是装样子。我当时患上了严重的风湿病，吃不上像样的食物，身体又虚弱。在那严寒且潮湿的日子里，房间里又不能生炉子。虽说是神经痛、风湿病，但厉害时，膝盖咯吱咯吱直响，甚至要倒在地上，痛得简直就像骨头要折断了。后来好歹可以凭借拐杖走路了，但已经不能跳舞了。一想到这些，我就身心俱疲、沮丧不已。为了让大使馆把我送回国，我不知做了多少丢人现眼的事。除了等待，别无他法。即使请医生诊治，这病也不是马上就能治好的。再说，西方的温泉浴场又是花销极大的豪华场所，最终只好自己注射麻醉剂，暂时镇痛。就这样药物中毒，一直坏到了脑子，灵魂也渐渐腐朽了。这就是我留洋的情况。直到昨天在看到你的舞蹈之前，我一直就是一具僵尸。"

不知不觉河边的路变成了坡道，坡道的尽头就是马路了。夏季开放的花盛开着花朵，白色的蝴蝶翩翩飞舞，天气炎热得令人目眩。

南条停下来，擦了擦汗。

"藏在舱房里的心情，我想你是可以理解的。那时并非不拄拐杖就走不了道，但拄着拐杖就象征着自己是作为一个残疾人踏上日本国土的，因此我拄了松木拐杖。我倒不是没脸见竹内老师，而是不想在码头接受欢迎的场面上露面。我本想过隐姓埋名的生活，因为这其中也包含着自己……对日本人能不能跳西洋舞蹈持有的怀疑。"

"既然那样痛苦，为什么还要绕道美国回来呢？真是让人费解。"

"啊，这是因为得到了那位夫人的帮助。她是我的恩人，是她使我能够回到日本来的呀。"

这时，一辆公共汽车开了过来，南条的话被中断。

星枝举手示意让公共汽车停下，随后瞥了一眼南条便转身上了车——好像在说"咱们分开吧"。

南条当然也急忙跟着上了车。

星枝的脸一下子红了，不知为什么，一直红到脖子根。她羞得难以自容，恐惧不安地耷拉着头。

"请停一停！"

她突然叫喊一声，不顾一切地从车上跳了下来。

这来得太唐突，南条来不及站起来。

星枝呆立不动，依旧是跳下车时的姿势，也不去理会额头上的汗珠。她忍受住心头的悸动，目送着汽车尾部扬起的白色尘烟。汽车最终消失在了山后。这时她才感觉双腿一阵发麻，扑通一声就倒在了路旁的草地里。

她抽抽搭搭地哭了起来。

野外的草丛里冒着热气，没有一个行人经过。

铃子照例带着在舞台上跳舞的余兴，轻轻松松地回到了后台化妆室，想不到看见星枝竟呆呆地坐在镜台前，她高兴得以为是在做梦。

"哇，星枝，是你啊！见到你太高兴啦。"

铃子从后面抓住星枝的肩膀，顺势滑坐下来。星枝被夹在铃子的双膝之间。

一身可爱打扮的铃子，像一个在魔幻森林里吹笛的少年。

这个少年叉开裸露的双腿，装出姐姐的神情，摇晃着星枝说：

"这么老远，你特地跑来！我多么想见你啊。你来了，吓我一跳。瞧你，一副若无其事的样子。"

星枝突然闭上了眼睛。

铃子有些不安地问道：

"你怎么啦？你特意跑来，有什么事吗？"

"没有。我一听到你的声音，心情就舒畅了。"

"呀，讨厌！你真坏。不过，真的好久不见了。老师也会被吓一跳的。你也不给我回封信，还用望远镜眺望海港吧？"

"给你打过电话，可是没打通。"

"电话？早就没了。"

"没电话了?"

"这种事,以后再说吧。"

星枝睁开眼,扫视了屋子。

"化妆室真脏!"

"别说啦,会被人听见的。在乡下这就算好的了。后台条件差点倒没什么,可舞台太糟糕,简直无法忍受。公共礼堂呀,学校这种地方,本身就没法跳舞,照明效果也不好,真的很难受。不过,老师也一起来了,我们会努力的。到现在为止,我们一次也没有敷衍过。衣裳有汗臭味了吧。我们巡回演出已经有二十天,老师真不容易啊。因为你说你不愿意为推销单层和服进行宣传旅行,那没办法,老师只好亲自来啦。"

"是吗?"

"天天都很热,梅雨天嘛。"

"难受吗?"

"只要一跳起舞来,也就不难受了。"铃子起身离开星枝,接着说,"我对老师说,是你家里不同意。反正你是千金小姐,老师还以为是你家里不让你出来巡回演出的呢。"

舞台上传来了钢琴声。

铃子看了看星枝,示意那是竹内老师的舞蹈,然后麻利地将下一支舞蹈的服装整齐地摆出来,看来是竹内和铃子的双人舞。

"都是令人怀念的衣裳吧?"

"嗯。"

"星枝，你脸色很不好，坐火车累了吧？想见我们，只是来玩玩吗？光让我高兴就够了吗？"

"前些日子就和父亲一道来的。"

"哦，来避暑？"

"生意上的事吧。"

"是啊，这里是蚕丝产地。那么我就放心了。起初我还有点儿纳闷，星枝能追到这种地方来看我们，总觉得奇怪哩。"铃子笑了笑，又折回镜台旁，"请你让一下，我要化妆。"

"嗯。"

星枝点点头，可当铃子的脸映入镜中，眼看跟自己的脸映在一起时，不知怎的，她竟胆怯起来，打了个寒噤。

铃子惊讶地反问道：

"怎么啦？刚刚停止了跳舞，身体就变差了？奇怪。"

"不是！是你和我在同一面镜子里化妆的缘故。我这张脸，真不该来见你。真气人！"

"是吗？"

"给我化化妆吧。"

"真拿你没法子，人家忙着呢。"

铃子边说边马马虎虎地给星枝扑了一些白粉，还抹上点儿口红。

星枝像木偶似的闭着眼睛，一动不动。

"天太热，简单化一下就行了吧。"

铃子转身从侧面望了望星枝的脸，接着说：

"你的脸，淡妆很漂亮，浓抹也很美。真奇妙！对了、对了，跳《花的圆舞曲》时，你硬是说我长着一副冷冰冰的脸，记得吗？"

"忘了。"

"你这人真健忘呀。"

铃子刚准备给星枝描眉，突然见一行泪珠从星枝的脸颊上滚落下来。

"哎呀！"

铃子不由自主地停住手，又马上把自己的诧异收了回去，然后若无其事地笑笑，擦去星枝的泪水。

"这是什么？给我吧。"

星枝紧闭着眼睛，特别美丽。

"铃子，你爱南条吗？"

"嗯，我爱他。"铃子爽朗地回答，接着说，"那又怎么啦？"

"你这么确定？"

"是的。"

"是吗？"

"也许是我从小就一直想着他的缘故，但事实上我是不是那样纯情，真的值得怀疑。不过，我认为爱就是意志。就算南条是个不道德的人，或是残废的人，那也没关系。我想把他在西欧学到的东西全部学到手，把他所有的东西都拿过来。

虽然这看起来就像是被抛弃者的一种报复,但对他来说,是很需要这种爱的意志的。我无论如何也要和南条一起跳舞。能够同自己喜欢的人尽情地跳,死了也甘心。"

铃子越说越带劲儿,不知何时,她已把星枝从镜台前推到一边,自己在急忙补妆,为跳下一支舞蹈做着准备。

"我再三考虑。初听起来这种爱像是功利主义,其实不然,这是有意志的爱。感情这种东西如今已经不可信赖了。现今的世道就这样,越有才能的人,感情就越脆弱。我想即使是恋爱,只要始终保留意志这根线,纵然失败,也不会酿成悲剧,相反会昂然挺立,通向彼岸。我不会后悔,我要毫无遗憾地活下去!"

星枝似懂非懂地听着。

"为学舞蹈,哪怕把自己卖掉也行。我不愿意过那种只有饥寒、穷困的生活。过去我这人实在太糟糕了。"

"舞蹈,究竟好在哪儿?"星枝用孩子般的口吻问道。

"好在哪儿?好就好在'我'这个人能活下去,这是我的目的。"

"这是假的。"

"那么,什么才是真的呢?对你来说,什么才是真的呢?"

星枝满不在乎地说:

"请你不要再说了,真吵死人啦!"

铃子气呼呼地瞪了星枝一眼,但她自己又仿佛如梦初醒。

"星枝,这些话莫非是由你问我爱不爱南条……才引起的?"铃子笑了,但立刻又板起面孔说,"真奇怪,为什么突然问起这个?怎么回事儿?"

铃子好奇地望着星枝。星枝觉察到铃子的视线,猛地回敬她:

"南条并不是瘸子。"

"怎么回事?"

"他能跳舞。"

"你见过他?星枝,到底发生了一些事吧?是这样吗?我开始明白了。"

"什么也没发生呀。"

"用不着瞒我了。照你这么说,我突然觉得老早以前我就明白了。"

铃子平静地说。这时竹内进来了。

"啊,你怎么到这里来了?好久不见。"

竹内说着,坐到旁边的镜台前。他皱起眉头,边脱衣裳边说:

"好热啊!"

铃子把手巾拧干,给竹内揩拭身体。她的手在颤抖。

"老师。"

"怎么啦?"

"听说南条不是瘸子,他能跳舞。"

说完,铃子紧紧抓住竹内脊背上的肉,埋头大声哭起来。

"别哭。等会儿。"

竹内甩开铃子，霍地站了起来。他看到南条呆呆地站在后台的门口。

南条拄着松木拐杖，懊丧地垂下头。看样子若没有拐杖的支撑，他就会无力地倒下去。

"老师，我给您道歉来了。"

"什么?!"

竹内怒不可遏，想要冲过去。

星枝立刻站起来，把他拦住了。

"老师，别这样。"

"你让开！这个家伙。"

竹内冲出去，马上揍了南条。

"浑蛋！你这副样子像什么？"

南条无意识地举起了拐杖，像要躲闪似的。

"你要干什么？挥舞那家伙，想干什么？"

铃子单手扶着镜台，默默地看着。

星枝钻进他俩之间，把他俩分开，并用嘲讽的口吻劝竹内说：

"老师，别生气啦，他那根拐杖是装样子的。"

南条似乎在想什么，他倏地变了脸色。

"浑蛋！"

他抡起拐杖打在星枝的肩膀上，星枝一下子倒在了竹内的怀里。来势迅猛，竹内往后一仰，踩空了台阶，摔了个四脚朝天。

舞台上，同行的女歌手正唱着轻快的流行歌曲。

竹内被送进了医院。他的后脑勺摔得很重，右胳膊肘也疼得动弹不了。

南条决定代替竹内参加这一行人的宣传演出。

当晚更深夜静时分，他们便出发了。

汽车从医院朝着车站疾驰。在车厢里，三人都默默无语。刚要走进检票口，这时铃子轻轻地将南条的拐杖夺了过来。"扶住我的肩膀吧。"说完，她伸出了自己的肩膀。然后，她将拐杖递给了星枝。

"把这玩意儿扔掉吧，留着危险。"

"嗯。"星枝点了点头，然后回医院去护理竹内了。

（谢志宇　译）

名人

昭和十五年（1940）一月十八日晨，第二十一世本因坊①秀哉名人②，在热海鳞屋旅馆与世长辞，享年六十七岁。

在热海，一月十八日这个忌日不难记住。原因是《金色夜叉》中的贯一在热海的海岸有过一句台词——"本月今夜月"，为了纪念这个日子，热海便将一月十七日定为红叶节。秀哉名人的忌辰，便在红叶节的翌日。

历年红叶节都有文学性活动。名人逝世的昭和十五年（1940），红叶节尤为盛大。除尾崎红叶以外，还有两位已故文人高山樗牛和坪内逍遥也与热海有着不解之缘。为了悼念他们，竹田敏彦、大佛次郎等三位小说家则在前一年度的作品中述及热海。三位小说家获得了热海市赠予的感谢状。我

---

①本因坊：1590年丰臣秀吉授予棋艺高超的日海和尚"本因坊"称号，开始了"本因坊"世袭制。
②名人：棋手的最高称号。

恰巧滞留在热海，便出席了节日的活动。

十七日晚，市长在我入住的聚乐客栈设宴。十八日凌晨，我被电话吵醒，说是名人离世。我即刻赴鳞屋吊唁，回到客栈用了早餐后，便同参加红叶节的作家、工作人员一起参谒逍遥的墓并献花，而后绕去了梅园。在抚松庵的宴会上，我中途溜出来又去鳞屋给名人拍了一张遗照，且目送着名人的遗体被运回东京。

名人一月十五日抵达热海，十八日猝然逝去，像是专程到热海来谢世的。十六日我曾到旅馆造访名人，下了两盘将棋。当晚回去后不久，名人突然发病。名人跟我下了最后一盘将棋，他喜欢将棋。我写了秀哉名人围棋告别赛的观战记，跟名人对弈了最后一盘将棋，还给名人拍下了最后的遗照。

名人与我结缘始自东京日日（每日）新闻社选我为告别赛的观战记者。作为新闻社举办的围棋赛，那场面的盛大空前绝后。从六月二十六日在芝公园的红叶馆开战，到十二月四日在伊东暖香园收官，用时近半年，断断续续开战十五轮。我在报上连载了六十四回观战记。然而棋局过半，名人就病倒了。八月中旬到十一月中旬停赛三个月。名人罹患重疾，使棋赛显得悲怆，仿佛棋赛夺去了名人的生命。那盘棋后，名人未能康复，一年后便驾鹤西去。

◆◆◆◆

确切地说,名人的告别赛结束的时间应该是昭和十三年(1938)十二月四日下午两点四十二分,下到黑方第二百三十七手便终盘。

名人默默地收官,列席的小野田六段说:

"五目吗?"

他语气委婉,知道名人输了五目,欲省去复盘之劳,不想刺激名人。

"嗯,五目……"

名人嘟哝了一句,抬起红肿的眼睑,也不想再落子。

挤在对局室里的服务生们都不说话。名人像要缓和沉闷的气氛,平静地说:

"不住院的话,八月里在箱根就结束了。"

他问起自己所用的时间。

"白方用时十九小时五十七分钟……差三分钟正好是一半时间。"担任记录员的少年棋手回答,"黑方用时三十四小时十九分钟……"

高段棋手下一盘棋,大约需要十小时。这盘棋据说要用四十小时,延时至约莫四倍。然而黑方实际用时三十四小时,用时颇长。自围棋有时限以来,可谓空前绝后。

这盘棋终盘快三点了。旅馆的女佣端上来餐食,人们依然沉默不语，视线都在棋盘上。

"怎么样？吃点年糕小豆汤？"名人问对手大竹七段。

年轻的七段下完棋后，就向名人施礼。

"先生，谢谢您了。"

说罢深深地低下头一动不动。他两手恭敬地放在膝上，白皙的脸上苍白无色。

名人抹乱了棋盘上的棋子，七段将黑子放进棋盒。作为对弈者，名人没有一句感言，他像往常一样若无其事地起身走了。当然七段也没发表感言。倘七段落败，总该说点儿什么的吧。

我也回到自己的房间，不经意间望向窗外，看见大竹七段已换上了棉袍，走下庭院独自坐在对面的长凳上。他紧抱双臂，苍白的脸面向地面。冬日的黄昏雾霭蒙蒙。那身影像是在阴冷空旷的庭院里沉思。

我打开走廊的玻璃门唤道：

"大竹兄，大竹……"

他恼怒地回头一瞥，像是在落泪。

我一移开目光退回屋里，名人的夫人便入内致意：

"很久以来承蒙多方照拂……"

我同夫人寒暄了几句，大竹七段的身影便在院里消失了。不一会儿，他换上了带家徽的礼服，带着夫人到名人房间、服务生房间和我的房间毕恭毕敬地致意。

我也跟着去了名人的房间。

◆◆◆◆

这棋赛用时半年,终于有了胜负。次日,服务生们也都急匆匆打道回府了。那天恰巧是伊东线试运行的前一天。

岁末年初,时值温泉旅游的旺季。电车通到了伊东町,大街小巷喜气洋洋地披上了节庆的盛装。一段时间里,我和棋手们像被"幽禁"在这家旅馆里。当我乘上回去的公共汽车时,城镇的五颜六色映入眼帘,顿时生出从洞窟里逃脱的解放感。新的车站附近,开出一条土色的泥路,临时搭建的房屋比比皆是。新开辟的街区杂乱无章,在我看来却是生机盎然的世间。

公共汽车驶出伊东町。我们在海滨路上遇见一群背负柴火、手持里白①草的女人。也有女人将里白草系在柴火上。我顿时感受到一种人间气息,就像翻山越岭看到了人烟一般。或者不如说,我对喜迎新年的寻常生活是眷恋的。我仿佛刚从一个异常的世界里逃脱出来。女人们拾柴火大概是准备做晚饭。大海呈现一派冬日景象,微茫的阳光遽然间昏暗下去。

但是坐在公共汽车上,我的脑海里仍旧无法驱散名人的影像。也许老名人的影像已沁入心脾,让我不胜怀恋。

---

① 里白:里白科里白属的陆生蕨类植物,植株高约1.5米。

服务生们一个个离去后，唯有老名人夫妇留在了伊东旅馆。

在一生最后一次棋赛上，"常胜"名人败北，他无疑想即刻离开对弈的现场。为了消除抱病参战的疲劳，也应及早换个地方，名人竟昏昏沉沉，全然不觉。服务生们和观战的我都已无法忍受，恨不能立刻逃离此处。不可思议的是，唯独失败的名人留了下来，无法想象他在承受着何等抑郁和空虚。名人自己却仿佛一如往常，一副茫然的表情，呆呆地坐着。

名人的对手大竹七段早已离去。他和没有子嗣的名人不同，他有一个热闹的家庭。

记得这盘棋下完两三年之后，我曾收到大竹七段夫人的来信，她说到家中已有十六口人。我产生了前去拜访的念头，我想在一个十六口人的大家庭里，或许能感知大竹七段的性格或生活状态。后来大竹七段的父亲过世，十六口人变成了十五口人。我曾前往吊唁，其实去时葬礼已经过了一个多月。我是初次拜访，大竹七段不在，夫人亲切地接待了我，把我让进客厅。寒暄过后，夫人站到门口说：

"来，把大家都叫过来。"

旋即传来了啪嗒啪嗒的脚步声，四五个少年走进了客厅，以孩子般的立正姿势站成一排。十一二岁到二十岁上下的少年，像是一帮弟子。其中一个脸颊绯红的少女，身体浑圆，个子高大。

夫人把我介绍给弟子们。

"快跟先生问好。"

弟子们低头行礼，使我感受到了家庭的温暖。礼道自然，完全没有矫揉造作之感。少年们一离开客厅，我就听见他们在宽大居宅里跑来跑去嬉戏打闹的声音。在夫人的引导下，我上二楼跟家传的弟子练了一局。夫人不时端来食品。我在大竹家逗留良久。

说是一家十六口，原来包括这些弟子。家传弟子四五人，这在年轻棋手中是绝无仅有的，足以见他有很好的人缘和收入。再说，大竹七段是个酷爱孩子、体贴家眷的人，所以才会有这样兴旺的人丁。

作为名人告别赛的对手，他整日幽居在旅馆里。对弈的日子傍晚棋赛一暂停，他便回到自己的房间给夫人挂电话。

"今日有幸……跟先生下到第（几）手。"

报告的言语谨慎，大竹七段从不泄露棋局的隐秘内情。经常从大竹七段的屋里传出那般电话声，这使我不禁对他产生了好感。

❖ ❖ ❖ ❖

在芝公园的红叶馆的开局仪式上，黑方白方仅下一手，翌日也只是下到第十二手，然后决定将对局场地移至箱根。名人、大竹七段，还有服务生们一起出发抵达堂岛的对星馆，当天并未继续对弈，对弈者之间也不曾有过龃龉。傍晚时分，名人喝了大半瓶酒，心情舒畅，谈笑风生。

他们先被请到客厅，在客厅里涂着津轻漆的大桌子前谈论漆器。

"记得有一回见到一个棋盘，是里里外外彻彻底底的漆器。据说是青森的漆器工匠潜心制作的，用时二十五年。大概是一层漆干后再涂一层，所以用时很久。棋盘、棋盒皆为漆器。曾经拿去博览会标价五千日元，未能出手。于是拿到日本棋院，标价三千日元。真是难办啊。很重的，比我还重，近五十公斤。"名人说罢，望了望大竹七段，"大竹，你又发胖了。"

"六十公斤……"

"哦？刚好比我重一倍，年龄却不足我的一半……"

"三十了。先生，惭愧呀……到先生府上求学那会儿，很瘦的哩。"大竹七段回忆起少年时代的往事，"在府上叨扰那会儿，生了病，多亏师母悉心照料……"

话题又从大竹七段夫人娘家的信州温泉浴场转到自己的家庭。大竹七段是在二十三岁五段的时候结的婚，生了三个孩子，收了三个徒弟，全家十口人。

大竹七段说他六岁的长女对围棋无师自通，看着看着就会了。

"前些时候，我同她以井目①局对弈，留了棋谱呢。"

---

①井目：让对手九个棋子对局。

"哦，让了九子儿？了不起啊。"名人说。

"老二四岁，也会猜棋了呢。若有天分，或有发展前途……"

在座的似乎都不知如何应答。

棋坛的顶级人物大竹七段与六岁、四岁的女儿对弈，似在认真考虑幼女若有天分，就让她们同自己一样做棋手。有没有围棋天分，在十来岁的孩子身上就能看出来。据说过了这个年龄，就难以成材。但大竹七段的话却让我感觉奇怪，莫非他是在强调自己年仅三十，痴迷围棋尚未倦怠？我想，他肯定也有一个幸福的家庭。

当时，名人说到自己在世田谷的家占地二百六十坪[1]，建筑面积八十坪，庭院比较小。他说想卖掉，搬去院子大一点的地方。他想说说家里的安排，身边却只有夫人，没有弟子。

❖ ❖ ❖ ❖

名人从圣路加医院出院时，围棋比赛已休战三个月，此刻又在伊东的暖香园拉开帷幕。第一天黑方从第一百零一手下到第一百零五手，仅五手便起了纷争，以致无法确定下次对弈的日期。大竹七段无法认可名人病倒后更改的对弈条件，

---

[1] 坪：日本的面积单位，1坪约3.3平方米。

坚持放弃这盘棋。意见相左,比箱根那次更难解决。

对局者和服务生们窝在旅馆里无所事事,度日如年。名人则去了川奈散心。本来不爱出门,这次他却破天荒地主动出了门。名人的弟子村岛五段、少女棋手记录员和我同行。

可是走进了川奈观光旅馆,他只是坐在大厅里款式新颖的椅子上品品红茶而已,这与平时的名人迥然相异。

大厅镶满玻璃的本馆呈圆形伸向庭院,像个瞭望室或日光室。宽大的庭院里铺满草坪,左右两侧都是高尔夫球场,一侧是富士球场,另一侧是大岛球场。庭院和高尔夫球场面对着大海。

很久以前,我就喜欢川奈明朗开阔的景色,所以希望跟郁郁寡欢的名人一起去看看。我悄悄地打量名人,他神情恍惚,不像是在观赏景色,也不看周围的游客,而是面无表情,对什么景色啦、旅馆啦一言不发。夫人照例打打圆场,感叹绮丽的风光并征询名人的意见。名人却全无反应,不置可否。

我想让名人去阳光明媚的室外,便邀他下到庭院。

"走吧。不碍事的,外面暖和,晒晒太阳就畅快了……"

夫人帮我催促着名人,于是他也不好过于执拗。

小阳春天气,大岛依稀可辨,暖和静谧的海面上鸢在翱翔。庭院的草坪边缘长着一排松树,给大海镶了道绿边。草坪与海的连接线上,星星点点看得见几对新婚旅行的夫妇。或因置身于宽阔明朗的景色之中,所以看不出新婚旅行的拘束感。极目远眺,新娘的和服浮现在大海和松树的色调中,活生生映现出幸福的新鲜感。到这里旅游的新婚夫妇，都是富裕人家的新郎、新娘。

我羡慕得近乎嫉妒，对名人说：

"那些人……都是来新婚旅行的。"

"没多大意思吧……"

名人嘟哝了一句。

即便过了很久，名人那毫无表情的嘟哝我也能想起。

我想在草坪上走走，也想在草坪上坐坐。名人却只是在原地站着，我也只好伫立一旁。

归途中，我们驱车绕道前往一处碧绿的小湖。晚秋的午后，小湖幽深静寂，美不胜收。名人也下了车，站着观赏了一会儿。

川奈旅馆令人心悦。翌日清晨，我又去邀约大竹七段。我也是出于好心，希望消解七段那般过分的执拗。我同时邀约了日本棋院的八幡干事和东京日日新闻社的砂田记者。中午，我们在旅馆庭院的农家院里吃寿喜锅，谈笑至傍晚。我曾应几位舞蹈家和大仓喜七郎之邀来过川奈旅馆，也曾自己来过，可以当向导。

从川奈回来后，棋局的纠纷仍未完了。我不过是一个旁观者，最后竟成了本因坊名人和大竹七段之间的斡旋者。最终，这盘棋好歹于十一月二十五日续弈。

名人身旁放了一个梧桐木大火盆，又让人在他身后放了一个长火盆，热气腾腾的。七段请他自便，他就系着围巾，身裹披风似的毛绒里、毛毡面的防寒服。他在自己的房间里也裹得严严实实,说是当天就开始发低烧。

"先生的正常体温是……?"

面对棋盘的大竹七段问道。

"嗯,通常是三十五度七到三十五度九之间,没到过三十六度。"

名人轻声回答,好像在琢磨着什么。又一次有人问到名人的身高,他答道:

"征兵检查时四尺九寸九分,后来又长了三分,成了五尺二分。上了年纪,人也萎缩了,现在是五尺整。"

箱根对弈,名人病倒了,医生诊察时说:

"像个发育不良的孩子,腿肚子上都没肉呀。这样的体质,恐怕连挪动身体的气力都没有啊。不能是成年人的药量,只能给十三四岁孩子的剂量……"

◆ ◆ ◆ ◆

一坐到棋盘前,名人就显得高大起来。这当然源自他的棋艺、段位和修炼。他身高五尺,上身过长。脸盘长而大,鼻、嘴、耳之类的器官也显得过大,尤其别扭的是下颚凸出。在我拍摄的遗照上,他也有这些显著的特征。

名人的遗照拍得怎样呢？显影之前我真的很担心。我一直是在九段野野宫的照相馆冲洗照片的。这次将胶卷送给野野宫时，特地告知是名人的遗照，绝不能有半点儿差错。

红叶节过后，我回了一次家，然后去了热海。我一再叮嘱妻子，野野宫将遗照送到镰仓的家里后，立刻差人送到聚乐客栈，绝不要偷看照片，也不要给别人看。因为是我这个外行拍摄的遗照，所以倘若把名人的遗容拍得丑陋而凄惨，再让人看见甚至四处宣扬，必将有损名人的声名。照片若是拍得不好，我也不想让名人的遗孀和弟子们看到，打算将其付之一炬。我的照相机快门是有毛病的，拍得不好亦属自然。

那天我跟红叶节的参会者去了梅园，在抚松庵一起用午餐。正在品尝火鸡寿喜锅的时候，妻子挂来电话，说是遗属希望我给名人拍张遗照。那天早晨，我去瞻仰了名人的遗容，回家后便让之后去吊唁的妻子捎了口信：若遗属希望留下石膏面型或拍下死者的遗容，我答应可以拍照。名人的遗孀表示不喜欢石膏面型，委托我拍张遗照。

然而真要拍摄的时候，我又感到责任重大，缺乏信心。再说，我的照相机快门常常失灵，很难成功。幸亏当时有位摄影师从东京来拍红叶节，也住在抚松庵，我便请他给名人拍张遗照，摄影师欣然答应。可是突然带去一个与名人毫不相干的摄影师，也许名人的遗孀等不愿意，但那人拍照肯定比我好。红叶节的主办人却表示为难，摄影师是专程来拍红叶节的，委派其他差事怕是不妥。这也理所当然。于是从那天早晨起，只有我一个人始终处在名人之死带来的哀恸中。在红叶节的参会者中，我成了一个异类。我请摄影师帮我调整了照相机的快门。他告诉我先要打开快门，再手动控制快门。他给我装了新的胶卷，我便坐车去了鳞屋旅馆。

名人的灵房雨窗紧闭，亮着电灯。遗孀和妻弟同我一起走了进去。

"太暗了，打开雨窗吧……"妻弟说。

我拍了十余张。我小心翼翼地按动快门，担心会卡住。我按着摄影师的点拨使用手控快门。我想多换几个拍摄的方向和角度，但我是来吊唁的，所以只能呆呆地坐在那里，不能在遗体的周围胡乱走动。

镰仓的家里寄来了照片。妻子在野野宫照相馆的相片袋背面写道：

"野野宫刚寄来的，没看装着什么。撒豆是在四日五点，说是请你去社务所……"

鹤冈八幡宫的撒豆节临近，由镰仓的文士担当主持。

我从口袋里取出照片，不由得"啊"了一声。遗照拍得极好，名人就像酣睡一样，洋溢着死的安宁。

我是坐在仰卧的名人腹侧拍摄的，没有枕头是逝者的标记，名人脸庞微微后翘，侧脸有点儿斜仰乜视。明显凸出的颌骨和微启的鳄嘴引人注目。鼻子高大，令人生畏。眼睑闭合的褶皱及阴影浓重的额头，都蕴藏着深深的哀愁。

阳光从半掩的窗户透入，洒落在他的衣襟上。天花板的灯光照到脸的下部，微微低垂的额头上有一块阴影。光线从下巴照上脸颊，照到凹陷的眼睑、眉梢和鼻根。仔细端详，下唇也有阴影。上唇受光，上下唇间的口中也是浓重的阴影，只有一颗上齿闪光。短短的唇髭里夹杂着白毛。照片上，正面右侧的脸颊上长有两颗大大的黑痣，也有清晰可见的阴影。鬓角到额头暴起的血管阴影，也都被拍摄在照片上。额头昏暗，但仍可看出一条横向的皱纹。短平头的发际一处着光。名人的头发粗硬。

◆ ◆ ◆ ◆

两颗大黑痣在右脸颊上。右边的眉毛显得很长，在眼睑的上方呈弓形，延伸至闭合的眼睑线那里。为什么会照得这么长呢？长眉毛和大黑痣仿佛令遗容显得仁爱亲近。

然而这长眉毛却让我感到哀伤。名人逝世两天前即一月十六日，我们夫妇到鳞屋旅馆拜访名人。

"对，对，早就想一见到您就告诉您，那长眉毛……"

名人的夫人看了一眼名人，引导似的转过脸对我说：

"记得是十二号那天，天气转暖。他说要去热海，得刮刮胡子捯饬捯饬，便叫来一个熟悉的理发师，坐到向阳的廊檐下刮脸。他忽然像想起了什么似的说：'师傅，我的左眉长了一根特别长的眉毛对吧？据说那是寿眉。师傅，可得小心点儿，别给我剃掉了啊。'理发师'哎'了一声停下手来，连说：'有的、有的，先生说的是这根吧？这可是福寿眉，您长寿啊！明白、明白。我会留意的。'他还对我说：'你知道吗？浦上在报纸上写的观战记，不是也提到了这根眉毛吗？浦上观察得细致啊，我自己都没发现。'他这样说了不是？像是很在意这件事呢。"

名人照例默然，忽然露出一副阴沉的神情。我无言以对。

然而这个故事——这根象征长命未被理发师剃掉的寿眉——却没有应验，想不到两天后名人竟溘然长逝。

其实，发现老人有一根长长的寿眉，不值得大书特书。但当时确实是一个悲痛的场面，一根寿眉仿佛一根救命的稻草。我曾这样记录下那天在箱根奈良屋旅馆的观战情景。

本因坊夫人一直陪同老名人住在旅馆。大竹夫人有三个孩子，大的才六岁，所以她得往返于箱根和平塚。两位夫人的辛劳，旁观者看着都于心不忍。八月十日，名人第二次带病续弈，两位夫人亦面无血色，消瘦得没了人样儿。

对局时，名人夫人很少侍奉在身旁。唯独这天，她竟寸步不离地一直在隔壁房间守候，悉心观察着名人的状况。她不是在观赏对弈，而是无法将目光从病中的夫君身上移开。

相反，大竹夫人绝不在对局室露面，她心神不宁地在走廊上走动，动辄手足无措地走进服务生房间。

"大竹还没想出那步棋吗？"

"嗯,好像很难落子呢……"

"唉,昨晚要是睡得好,可能就容易些……"

同病中的名人续弈是对是错,令大竹七段十分苦恼,整夜失眠。他从昨日起一直思考这个问题,并在这种状态下开始了今早的棋赛。约好中途的暂停是十二点半,可是快到一点半了,执黑的自己仍无法封盘。他顾不得吃午饭了。焦虑的夫人无法在屋里等候,昨夜她也是一夜未眠。

唯有一人了无牵挂,那便是大竹二世。出生八个月的婴儿异常俊秀。若问大竹七段的精神状态,看看这个婴儿就够了。无与伦比,简直是七段雄魂之象征。那日的我,看到所有成年人都不堪忍受,唯独这个桃太郎婴儿使我拥有获救般的慰藉。

这天,我初次发现本因坊名人眉毛里有一寸长的白毛。名人的眼睑浮肿,脸暴青筋,这根长眉毛倒给人一缕慰藉。

对局室里气氛紧张。我站在走廊上,俯视夏日灿烂的庭院,看见一位摩登女孩儿正悠然地给池里的鲤鱼投饵。我像望见了什么怪物一样,甚至无法相信那是在同一个世界里发生的事情。

名人夫人和大竹夫人面容憔悴、苍白。对局开始,名人夫人照例出了对局室。可这天又马上折返回来,在隔壁房间里盯视着名人。小野田六段闭目垂首,观战的村松梢风也一副目不忍睹的样子。就连大竹七段也一言不发,不敢正视对手名人。

白方第九十手开盘。名人左右歪动着脑袋，却下错了第九十二手。执白第九十四手用时长达一小时九分钟，名人一会儿闭目养神，一会儿左顾右盼，一会儿又低下头仿佛要呕吐。他强忍着痛苦，一反常态，一副有气无力的样子。或许是逆光的缘故，名人的脸庞虚幻松弛，像幽鬼。对局室里静谧得异乎寻常。九十五、九十六、九十七……棋盘上的落子声骇人，仿佛在空谷里回荡。

执白第九十八手，名人又冥思苦想了半个多小时。他微微张开嘴，眨巴着眼睛，扇着扇子，像要扇旺灵魂深处的火焰。难道非要这样对弈下去？

这时，安永四段走进对局室，跪坐在门槛前，双手着地毕恭毕敬地施礼。那是虔诚的施礼，可两位棋手并未觉察到。名人和七段每次扭过头来，安永都会恭恭敬敬地颔首施礼。那真是一场凄怆的对局。

执白第九十八手之后，少年记录员报时十二点二十九分。还有一分钟封盘。

"先生，累了的话，请在那儿休息……"

小野田六段对名人说。从盥洗室折回的大竹七段也说：

"您歇歇吧，请便。……我一个人想想如何封盘。……绝不商量。"

大家这才笑出声来。他是不忍让名人继续坐在棋盘前。于是大竹七段在第九十九手封盘。其实，未必是名人不在亦可。名人歪着脖颈纳闷儿：站起来走呢，还是坐着不动？

"请再等一会儿吧……"

不过,没过多久名人一去盥洗室,旋即来到隔壁的房间,同村松梢风等谈笑风生。离开了棋盘,他就格外精神。

剩下大竹七段一人,他定定地望着右下角的白棋,冥思苦想了一小时十三分钟,过了一点半便封盘。这是执黑第九十九手,在中央落子。

那天早上服务生来到名人的房间,问当日对局要安排在分馆还是本馆二楼。

"我连庭院都去不了啊,想在本馆,可是大竹说本馆这边的瀑布声太大。还是问问大竹吧,按大竹的意见办……"

这就是名人的回答。

❖ ❖ ❖ ❖

我在观战记中写到名人的眉毛是左边有一根白毛的寿眉。可遗照上,右侧的眉毛显长。莫非是名人过世后突然长起来的?或者名人的眉毛真就这么长?毋庸置疑的是,照片的确夸大了右侧眉毛的长度。

我并不担心相片照坏了。我用的是德国康泰时相机、松纳一点五寸镜头。镜头可以弥补我在技术或功夫上的欠缺。对于镜头而言,无所谓是活人还是死人,也无所谓是人还是物。镜头不会感伤，也不会顶礼膜拜。只要我不犯什么大的错误，用松纳一点五寸镜头拍出的照片就说得过去。遗照拍得丰满柔和，或是托了镜头的福。

然而，照片凝聚了令我刻骨铭心的感情。莫非名人的遗容里流露出了感情？没错，死者的遗容里亦有感情的显现。但死人原本是没有感情的。念及于此，我就觉得这张照片已无所谓生死——仿佛名人是正在酣睡的活人。不，我的意思是，虽为遗照却给人以超越了生死的感觉。莫非因这曾经是一张活人的面容？莫非因这张脸令人回忆起名人生前的诸多往事？或者，因这不是死者的面容，而是一张遗照？奇妙的是，遗照竟比死者的面容还要清晰。我甚至感觉，遗照是某种潜藏的秘密的象征。

后来，我果然后悔了。拍遗照未免过于轻率，拍了恐怕也不该保存。但事实上，这张照片的确让我看到了名人非同凡响的一生。

名人绝非美男子，亦无富贵相，毋宁说鄙俗而寒碜。眼睛、鼻子，统统都乏善可陈。就说耳朵吧，扭曲的耳垂像个包子。大嘴小眼。然而长年磨砺棋艺，坐到棋盘前便显得高大而沉稳。遗照里亦飘出魂魄的馨香。他虽死犹生，像在酣睡，闭合的眼睑线里蕴含着深沉的哀愁。

我的视线由名人的遗容移到他的胸部，名人像一具仅有脑袋的木偶，被裹在六角形图案的粗布衣衫中。这件不合体的大岛产格子衣裳是名人死后换上的，肩膀处鼓鼓囊囊。我总觉得，名人的遗体仿佛没了下半身似的。

"这个样子，看来已无力挪动身体了……"

在箱根，医生这样描述名人的腰腿。名人的遗体从鳞屋被搬上汽车时，头部以下好像已经没有了。作为观战记者，我最初看到的正是坐着的名人瘦削单薄的小膝盖。遗照也只有脸部，像是只有一个头，看着瘆人。这张遗照也给人非现实的感觉。照片上留下的也许是执着于棋艺、丧失了现实生活、最终面对悲惨结局的一个面容，也许是一张命中注定殉难的人脸。正如秀哉名人的棋艺以这场告别棋赛而告终一样，名人的生命也宣告终结。

◆◆◆◆

开棋式的做法，除这场告别赛外，恐怕再无先例。执黑、执白各下了一手，庆祝宴就开始了。

昭和十三年（1938）六月二十六日，阴雨绵绵的梅雨季节结束，天空中飘浮着淡淡的夏云。芝公园的红叶馆的庭院里，雨后一片翠绿，强烈的日光在稀疏的竹叶上闪烁。

一楼大厅的壁龛正面，坐着本因坊名人和挑战者大竹七段。名人的左侧是将棋界的关根十三世名人、木村名人和连珠棋界的高木名人。也就是说，四位名人同在现场，将棋名人和连珠棋名人在观摩围棋名人的对局。应新闻社的邀请，诸名人齐聚一堂。我作为观战记者，坐在高木名人身旁。在大竹七段右侧，坐着举办这场棋赛的新闻社的主笔和总编、日本棋院的理事和监事、三位七段元老棋士，以及列席棋赛的小野田六段。再就是本因坊门下的棋手若干人。

身着家徽礼服的众人正襟危坐，主笔致开幕辞。当棋盘被摆在大厅中央时，在座的人紧张屏息。面对棋盘，名人的习惯一如既往，他随意地耷拉下左肩，瘦小的膝盖异常单薄。扇子却显得很大。大竹七段眯着眼睛，前后左右晃着脑袋。

名人站起身，手持扇子，犹若古代武士携刀应战一般。落座在棋盘前，他将左手尖插入裙裤，轻握右拳，朝对面仰起头。大竹七段也坐下了，向名人施礼，旋即将棋盘上的棋盒置于右侧，再施一礼，然后就闭上眼睛，一动也不动了。

"开始吧！"

名人催促说。声音虽小，却是激昂的，像在无言地质询："你在干什么？"名人是厌弃七段的装腔作势，还是想表现自己的昂扬斗志？不以为意的七段睁开眼睛，旋即又合上了。后来在伊东旅馆对局的那天早上，大竹七段也像在念诵《法华经》一样闭目养神，喃喃自语。片刻过后，传来落子的响亮声音。那时已是上午十一点四十分。

新布局还是旧布局，"星位"还是"小目"，这是众人关注的焦点。但执黑的第一手是右上角"十七·四"，"小目"旧布局。执黑的一着"小目"，解开了这盘棋的一大谜团。

为应付这个"小目",名人将手指交叉放在膝前,定定地凝视着棋盘。新闻社的许多照片和时况纪录片记录下了这个场面。在刺眼的灯光下,名人噘起双唇,紧抿着嘴,旁若无人。我是第三次观看名人对弈。我感觉名人只要坐在棋盘前,便会生发出一股幽香,令观者产生清凉澄澈的爽快感。

五分钟过后,名人忘了封盘,一不留神摆了个落子的手势。

"决定封盘了。"大竹七段以名人的口吻说,"先生,毕竟隔了一段时间,有点儿生疏啊。"

在日本棋院干事的引领下,名人独自退到隔壁的房间里。他拉上中间的隔扇,在棋谱上写下了第二手,然后放进信封里。除封盘者外,其他人不能看,否则就不算封盘了。

过了一会儿,名人又回到棋盘前。

"没有水呀。"

他用两根手指蘸唾沫封了信封,并在封口处签上名。七段也在下方封口处签上名。服务生将这个信封装进一个大信封里,在加封处签上名,然后存放在红叶馆的保险柜里。

就这样,当日的开棋式结束了。

木村伊兵卫说要拍照片介绍到海外,于是又让两位棋手摆出对弈的架势。拍摄完毕,大家如释重负。元老级的七段们围拢到棋盘旁鉴赏这盘棋,有的说白子厚三分六厘,有的说是三分八厘,也有的说是三分九厘。总之,议论纷纷。将棋名人木村则在旁边插话说:

"这是最好的棋子吧。让我来摸摸……"

说着，他抓起一把棋子放在掌心里。在这样的对局上能让这样的棋手在这样的棋盘上下一手，就等于给那张棋盘镀了金。所以，好几张有名的、视同珍宝的棋盘被送了过来。

休息片刻，庆祝宴开始。

观摩开棋式的三位名人的年龄是：将棋木村名人三十四岁、关根十三世名人七十一岁，连珠棋高木名人五十一岁。都是虚岁。

❖ ❖ ❖ ❖

本因坊名人生于明治七年（1874），他两三天前刚过六十五岁生日。鉴于中日战争后的时局，只好在家中庆祝。翌日续弈之前，名人说到红叶馆的落成。

"红叶馆的落成同我的生日，哪个在先呢？"

他还说到，明治时代的村濑秀甫八段和本因坊秀荣名人也都在这家下过棋。

翌日的对局室设在古色古香的二楼，颇具明治时代风雅，隔扇、楣窗皆有红叶装饰，围在一隅的金色屏风也绘有光琳[①]风韵的艳丽红叶。壁龛里放着八角金盘和大丽花。套间贯通，

---

① 光琳：尾形光琳(1658—1716)，日本江户时代的画家、工艺美术家。

一间十八叠①,另一间十五叠。大朵的插花也并不碍眼。大丽花已开始凋谢。屋内无人进出,只有圆发髻上插着花簪的少女不时来换茶。名人的白扇映在盛冰水的黑漆盘里,微微颤动。寂静中,观战者唯我一人。

大竹七段身着黑色礼服,外罩带家徽的黑色罗纱短褂。今日名人的着装却有点儿随意,只是一件带家徽的短外褂。棋盘则与昨日相异。

昨日黑白各执一手,便开始了祝贺的庆典。不妨说真正的交锋,将从今日开始。大竹七段本想扇扇子,却将两手叉于背后,又将扇子竖放在膝头,斜支臂肘,似为加高支腮的手臂。他在思考执黑第三手。你看,名人呼吸变得急促,肩膀起伏,大口喘气。但他并未慌乱,阵脚平稳。在我看来,名人的全身笼罩在紧张的气氛中,也像是某种激情袭扰着名人的内心。名人自己似未发觉,我却感受到了内心的压抑。然而只是十分短暂的时间,名人的气息又自然地恢复到平静和安稳的状态。我想这是名人临战之前的精神准备。莫非是名人的心理战术,于无意识中迸发灵感;抑或正在调整高昂的气魄或斗志,进入澄净无我的三昧境界?莫非这是名人"常胜"的原因之所在?

大竹七段落座在棋盘旁,先向名人恭敬施礼。

"先生,抱歉,我解手次数多,对局中或频频起身⋯⋯"

"我也一样啊。夜里至少三趟⋯⋯"名人小声说。

---

①叠:量词,以一张铺席的大小衡量房间面积的单位。

名人不了解七段的神经性体质。我忍不住窃笑。

我也是如此，只要面对书桌就尿频，就频繁喝茶，动辄神经性腹泻。大竹七段更是极端，就是在日本棋院举办的春秋两季升段赛上，也把大茶壶放在身边，一个劲儿地灌粗茶。那时节，大竹七段的好对手吴清源六段也是一样，他只要坐到棋盘前，就尿频。四五个小时的对局中，我试着数了一下，约莫十次以上。吴六段并不饮茶，但令人匪夷所思的是，每回都能听见他解手的哗啦声。大竹七段不仅仅如此，他一上厕所，裙裤自不用说，连腰带也解下来放在走廊上，真是太古怪了。

大竹七段思考了六分钟，一下黑子第三手，随即离席而去。

"对不起。"

下到黑子第五手，他又出去一次。

"对不起。"

名人从和服袖筒里掏出一支敷岛牌香烟，然后慢条斯理地点燃。

大竹七段为这第五手冥思苦想，一会儿将双手揣进怀里，一会儿交叉着抱起双臂，一会儿又把两手分别扶在膝盖旁。有时去清理棋盘上肉眼都看不见的灰尘，还把对手的白子翻转过来。其实只是翻了个面。若说白子有正反面之分的话，那么蛤贝内侧没有纹理的一面应该是正面。一般没人在意这个，然而，大竹七段有时却将名人随意落下的反面白子，抓起来翻成正面。

说起对局时的态度，大竹七段半开玩笑地说：

"先生沉稳镇静，我也受先生影响，发不出力……我倒是觉得热闹些好，过度沉稳镇静，就少了激情。"

大竹七段有个习惯，一下棋就絮絮叨叨说些无聊的段子。名人佯装听不见，不予搭理。毕竟与名人下棋，他唱独角戏没意思，也只好收敛一些。

面对棋盘的优雅姿态，一般是人到中年自然养成的。然而如今轻视礼仪，因而一些年轻棋手下棋时，一会儿扭动身体，一会儿表现出奇怪的癖好。我看到这般模样，就会产生异样的感觉。一次日本棋院举行升段棋赛，一个年轻的四段一边对弈，一边利用对手尚未落子的间隙，把一本文艺杂志展开放在膝上，竟读起小说来。对手一落子，他才抬头思考，而后下出自己的一手。对手思考时，他又佯装不知，把视线落在杂志上。这简直无礼，差点儿触怒了对手。后来，听说这位四段不久就疯了。恐怕是他那病态的神经无法忍受对手思考的时间。

据说大竹七段和吴清源六段曾求教于某心学高人，问到要想赢棋的心态，对方回答说："在对手思考时，最好处于无心的状态。"据说曾列席本因坊名人告别赛的小野田六段，几年之后即在他临死前，在日本棋院举办的升段棋赛中大获全胜，且留下了无与伦比的棋谱。他在对局时的心态非同凡响，对手落子的时候，他静静地闭目养神，仿佛超越了求胜之欲。

升段赛结束后他便住进了医院，至死也不知自己罹患了胃癌。大竹七段少年时代的恩师久保松六段，也是在死前的升段赛中取得了优异的成绩。

　　名人和大竹七段对局，从表面上看气氛紧张，然而两人恰恰是相反的状态：一静一动；一个若无其事，一个神情紧张。名人沉潜于围棋，绝不如厕。一般来说，只要仔细观察对弈者的神色，大体即可猜出棋势。据说唯有名人难以琢磨。其实，七段下棋并不会神情紧张，相反棋风强劲。他思考的时间很长，总是不够。快到点了，他让记录员读秒，好像在剩余的最后一分钟里还有一百手或一百五十手要下。这时候的磅礴气势，反而会给对手极大的压力。

　　七段刚坐下又站了起来。这是他的战斗准备，如同名人的大口喘气。名人窄窄的溜肩剧烈起伏，我亦为之心动。我仿佛窥见了灵感到来的秘密。他没有痛苦，也没有畏惧。或许名人自己都无从知晓，何况他人呢？

　　可是后来一想，我不过是自作聪明罢了，名人也许只是胸闷喘气。连续对弈数日，名人的心脏病恶化，这大概是初次的轻微发作。我不知道名人心脏有恙，所以才有了那般印象。虽是一种尊敬的表现，但毕竟不着调。那时的名人也许并没有觉察到自己的病，也没有觉察到呼吸的异常。痛苦和不安并没有反应在他的脸上，他也不曾用手去抚摸胸口。

　　大竹七段执黑第五手，用时二十分钟。名人执白第六手，用时四十一分钟。这局棋头一次出现长时间的思考。事先商定的是，下午四点轮到谁落子即由谁封盘。七段在差两分钟到四点时，落黑子第十一手。若名人两分钟之内不落子，即宣告由他封盘。于是，名人在四点二十二分落白子第十二手封了盘。

今天早晨，放晴的天空又阴沉下来，这是大雨来临的前兆。水灾已波及关东、关西地区。

❖ ❖ ❖ ❖

红叶馆对弈的次日，本应从上午十点开始续弈，却因意外的争执延迟至下午两点。作为观战记者，我是旁观者，和我没有关系。我看见服务生们的狼狈模样。日本棋院的棋手们也跑来了，好像正在另一个房间里开会。

今早我一进红叶馆的大门，大竹七段正好到了，他拎着一个大皮箱。

"大竹兄的行李吗？"我问。

"是啊，今天要去箱根幽居了。"

七段用对局前的沉闷口吻答道。

我早有耳闻：对弈者今天都不回家，一起从红叶馆出发去箱根的旅馆。但七段的这件大行李看着有点儿异常。

然而，作为对手的名人却没有做好去箱根的准备。

"有那么回事儿吗？那样的话，我还想去一趟理发馆呢。"

大竹七段兴冲冲地来到这里，已经做好了下完这盘棋之前三个月不回家的心理准备。这下可好，不仅让他感觉扫兴，甚至有违约之嫌。究竟有没有人把相关规定告诉名人，无从知晓。这让七段十分恼火。再说，这次对局设定了严格的规则，可是一开始就违规了。这让七段对以后的事情感到不安。不管怎么说，没有跟名人交代清楚确实是工作人员的过错。再者，也许没人敢对大名鼎鼎的名人诉苦，而想通过说服年轻的七段收拾局面。但七段的态度相当强硬。

如果说名人不知道今天要去箱根，倒也罢了。大家聚集在另一个房间里，走廊上人来人往，声音嘈杂。作为对手的大竹七段久久不露面。名人独自坐在原处一动不动地等候着。午饭时间稍迟。问题终于解决了，决定当日下午两点到四点对局，隔两日再去箱根。

"两个小时无论如何也……到了箱根之后再慢慢下吧。"名人说。

虽言之有理，但不能那样办。名人的这句话又引发了类似今日的龃龉。因为棋手不能随心所欲地更改对弈的日期，所以今日的棋赛依规则将举行。在名人的告别赛上制定了严格的规则，就是为了防止名人故态复萌，恣意妄为。无视名人的地位特权，也是为了保证棋赛在平等的条件下举行。

采纳并要贯彻所谓的"封闭制"，当日便不让棋手回家，直接将他们从红叶馆带到箱根。所谓"封闭"，亦即一局棋结束之前，棋手不能离开对局的场所，也不能会见其他棋手，以防止他人出谋划策。这样做虽然维护了棋赛的神圣性，但不妨说却丧失了对于人格的尊重。然而各位棋手认为，这样做可以保证双方棋手的纯洁性。何况像这盘棋，每五天举行一次，持续三个月之久。对弈的棋手愿意与否又当别论，但有第三者的智慧参与的顾虑是无法抹消的。当然，棋手间是讲棋艺、讲良心、讲礼节的，很少有对棋局或对弈者出言不逊的情况发生。可一旦破例，便不好收场。

名人晚年，十多年里仅有三局比赛，三局皆中途有恙。第一局之后患病，第三局之后辞世，但三局都坚持到了最后。因中途养病，第一局用时两个月，第二局用时四个月，第三局的告别赛用时竟长达七个月。

第二局是昭和八年（1933）跟吴清源五段对局，在告别赛五年前。盘中大约第一百五十手时，虽然细微但看得出白子的处境不妙。执白的名人下至第一百六十手，险胜两目。风传这天下出的妙着是名人的弟子前田六段发现的。但不知真伪，其弟子也否认。此棋赛历时四个月。当时名人的弟子们复盘之后，或许发现了这白棋的第一百六十手。因是妙着，所以弟子们必定对名人说了，当然也有可能是名人自己想出来的。除名人和他的弟子们外，可以说无人知晓。

第一局是大正十五年（1926）日本棋院与棋正社的对抗赛，双方的统帅——名人和雁金七段——率先上阵，鏖战了两个月。期间日本棋院也好，棋正社也罢，棋手们肯定都积极复了盘,但是否给己方的主帅曾出谋划策就不得而知了。我想未曾有过献策。名人不仅不会主动谋求,而且也很难接受他人的意见。名人棋风威严,不容他人置喙。

然而在第三局的告别赛时,名人因生病一中断比赛,有人就风传名人别有企图。我自始至终观战,这些传闻使人感到愕然。

休战三个月后在伊东续弈,头一天,大竹七段下最初一手,用时二百一十一分钟,即经过了三个半小时的长时间思考,服务生们都瞠目结舌了。从上午十点半开始思考,其间有一个小时的午饭休息时间。直至秋阳西斜,棋盘上方亮起了电灯,差二十分钟到三点时,大竹七段才总算落下了黑子第一百零一手。

"在这种地方'飞',一分钟足矣……笨蛋啊。优柔寡断。"七段微红着脸笑了,"到底是'飞'还是'进',竟想了三个半小时……"

名人苦笑,没有接话。

正如七段所言,执黑第一百零一手,连我等外行都清楚:棋局进入了收官阶段,按照侵入右下角的白棋领地的顺序,黑子第一百零一手只能落在这个好点位上。除了"飞"到"十八·十三"的第一百零一手之外,还有一手"十八·十二""进",即使再犹豫糊涂,也可以料到其变化。

大竹七段为何不早出此着呢?我作为观战者也等得心焦,觉着奇怪,最后产生了疑惑。他分明是有意为之嘛。他是心有所忌还是在演戏？我的猜忌也是有根据的。就是说，这棋局中途休战三个月，这期间难道大竹七段自己没有仔细研究过？下到第一百零一手，眼看细棋①的局面业已形成。接近收官，却还有棋可下，总不至于看穿到了终盘。即使布局几套下法也难以确定，或许研究无止境。尽管如此，但面对这么重要的棋局，七段休息期间也不会停止布阵。执黑第一百零一手经过了三个月的长久思考。这会儿却装模作样地思考三个半小时，莫非在掩饰休息期间做了研究？不仅我，连服务生们也怀疑并讨厌七段长时间的思考。七段离席时，名人也嘟哝了一句：

"真有耐性啊！"

练棋时另当别论，可这是决胜局啊。名人很少议论自己的对手。

然而，同名人和大竹七段关系密切的安永四段却说：

"这盘棋休战期间，想必名人、大竹都未曾研究过。大竹很奇怪，也是个有洁癖的男人。名人病了，他便不再研究。"

指不定就是这样的情况。三个半小时里，大竹七段不仅思考执黑第一百零一手，而且努力收心，把心思拉回到别离三个月的围棋上来。他还苦思冥想，想要尽可能读出全局的形势和今后的手段。

---

① 细棋：围棋中对于盘面形势的一种说法，意思是局势平稳，相差细微。

◆◆◆◆

所谓"封盘",也是名人初次经历的规则。翌日续弈,日本棋院干事从红叶馆的保险柜里取出信封,当着对弈者的面确认封印,前一天封盘签名的棋手让对手查验棋谱,随后在棋盘上落下封盘的最后一手。在箱根和伊东的旅馆里,相同的仪式重演。就是说,向对手隐藏的、中途暂停的一手即封盘。

没下完的棋局,执黑的一方落子休战是传统的做法和对高段的礼让。这样的做法对高段有利。近来为了防止不公平的情况出现,改变了做法,例如约定傍晚五点休战,轮到谁就由谁封盘。后来又进了一步,以暂停的一手封盘。将棋率先使用了这种封盘法,围棋效仿之。这种规则是为尽可能地减少不合理。所谓"不合理",即看了对手的落子,自己的下一手便可慢慢地考虑到续弈之日,且不管相隔一天还是几天,皆不在计算的时限之内。

不妨说,名人在当今理性主义的影响下,为一生中的最后一场棋赛却犯难。条条框框的规则死板,艺道的雅怀被抛弃,对于长者的恭敬丧失,不重视彼此的人格。就棋道而言,日本乃至东洋自古以来的雅风美德不复存在,一切都是算计和规则。晋级升段关系到棋手生活的,也是细致入微的积分制度、一味求胜的战法。这种思想占据首位，便无暇顾及围棋的艺术品位。当下，即便对手是名人，也必须在公平的条件下参赛，这并非局限于大竹七段一人。围棋毕竟是竞技，也要见胜负，因而这也是理所当然的。

本因坊秀哉名人三十余年不执黑，傲然屹立于棋坛。名人生前，后进的八段还没有出现，他完全压倒同时代的所有对手，而且下一代中也无人企及他的地位。在名人作古十年后的今天，围棋界也找不到合适的继任者。原因之一，恐怕正是秀哉名人拥有巨大的声名。尊重棋道传统的"名人"，恐至此终焉。

正如将棋名人的争夺赛上，霸权意味颇重。名人段位似优胜的奖旗，成为棋赛举办者的商品。实际上名人也一样，或许以前所未闻的对局费将此次告别赛卖给了新闻社。这与其说是名人主动为之，莫如说是受到了新闻社的诱导。这种登上名人之位至死不变的一代段位制度，如日本形形色色的艺道的流派、宗师的真传，乃是封建时代的遗物。假如像正在举行的将棋名人争夺赛一样，年年举办围棋的名人争夺赛的话，秀哉名人也许早就死了。

从前一旦成了名人，练习时也避免与人对弈，免得坏了名人的权威。六十五岁高龄的名人下决胜棋，恐前所未有。或许今后不会允许不下棋的名人存在。从诸般意义上讲，秀哉名人像是站在了新旧时代的转折点上，既受到了旧时代名人的精神性尊崇，又获得了新时代名人的物质性功利。而在膜拜偶像之心同破坏偶像之心交织的这般情境下，作为对旧式偶像的惜别，名人下了最后这盘棋。

名人也是幸运的，出生于明治时代的勃兴时期。当今的吴清源，就没有体验过秀哉名人修习时期的俗世劳苦，就算有围棋天才的棋艺超过名人，也不可能形成名人那般整体性的历史观。在明治、大正、昭和三个时代，名人皆留下辉煌的战斗经历，促成了当今围棋的隆盛氛围，其功绩令其也成为当今围棋之象征。这样一位老名人欲以这盘棋点缀其围棋生涯的终点，所以想下出一盘心满意足的好棋，以奖掖后辈、弘扬武道、精进艺道。然而，名人却没有在平等的规则下对弈。

只要制定了规则，人们就会绞尽脑汁钻空子。只要为封堵狡诈的战法制定新的规则，年轻棋手就还会苦心孤诣地设法利用新的规则钻空子。他们会想出各种办法作为武器，如时间限制、盘中暂停和封盘等。因此，作为作品的棋局就失去了纯净，名人面对棋盘也就成了"故人"。因为他不知当今种种细致的策略。一直以来，名人估摸着火候到了于自己有利的地步，便会说"今天到这里吧"，旋即让低段出一着便暂停，且由自己来决定续弈之日。高段的妄自尊大已是理所当然的惯例，名人长期以来的对弈皆如此，全无时间限制。而允许名人妄自尊大，对其也是一种锻炼。这与今天这种死抠规则的做法不可同日而语。

然而，与其说名人习惯于平等的规则，莫如说他习惯于昔日的特权。例如名人同吴清源五段对局时,即因病拖延了比赛且生出令人疑惑的流言蜚语。因此作为此次告别赛名人的对手,晚辈棋手皆以苛刻的对局条件防备名人为所欲为。此次棋赛的对局条件并非大竹七段同名人商定的,而是为选定名人的对手,在日本棋院举行高段棋手循环赛之前由高段选手确定的。大竹七段作为高段棋手的代表,极力敦促名人也要信守誓约。

后来名人患病引起诸多纠纷,大竹七段多次表示想要放弃这场棋赛。对于老名人,大竹晚辈的态度不懂礼让,缺少对病人的体恤心,死抠大道理甚至不讲理,这弄得召集人很伤脑筋。不过,七段毕竟有正当的理由。换而言之,七段担心的是让一步就得让百步,而且让一步这样的精神一旦松懈就可能造成败局。不是要决一死战吗?不是无论如何都要赢下这局棋吗?下定了决心的七段,不想让对手为所欲为。另一方面,我想七段也可能认为对手即便是名人照样也会任性为之,所以更加固执地要求按规则行事。

当然,这样的对局条件与棋盘上的棋子不同。也有一些棋手不介意下棋的时间和地点,可以根据对手的情形礼让并满足其要求,但在棋盘上却毫不留情。从这个意义上说,名人或许遇上了难缠的对手。

◆◆◆◆

在胜负的世界里，常常祭出名不副实的英雄，这是所有人的嗜好。旗鼓相当也备受青睐，但未必希望仅有一人绝对强大。"常胜名人"的高大形象屹立在诸多棋手的面前。名人也曾赌上一生的命运投入鏖战，但未曾在顶级的对弈中失败过。成为名人之前的棋战惊心动魄；成为名人之后尤其到了晚年，他自己和世人都相信名人不会落败。这不如说是一个悲剧。将棋名人关根败亦无妨，秀哉名人却不堪其败。常言道"围棋赛七成是先手取胜"，名人执白棋，败给七段也属正常。但外行人却不了解这一点。

名人看重棋艺之道，才在大新闻社的鼓动下主动出马。他并不在乎对局费。他出场的意义在于燃起心中必胜的斗志，若担心输棋，名人恐不会亲自出马。而一旦输棋，常胜的桂冠和名人的生命皆会逝去。名人顺应自己异常的天命生活，难道顺应天命可以说是违逆天命吗？

时隔五年，正因为这位"绝对的强者"和"常胜名人"再度登场，背离时代的对局条件才获得了认可。我事后回想，苛刻的对局条件恍若梦幻或死神。

然而红叶馆对弈的次日，条件的束缚便被名人打破，到箱根后又一次被打破。

本该在第三日即六月三十日从红叶馆前往箱根，因大雨成灾，推迟到七月三日，后又延至八日。关东地区内涝，神户地区也遭受损害。八日东海道线的铁路还没有完全被修复。身在镰仓的我，原定在大船站和名人一起换乘火车，但三点十五分从东京始发开往米原的列车晚点了九分钟才到。

因为这趟列车在大竹七段所在的平塚站不停靠，所以我们约定在小田原站会合。不一会儿，头戴低檐巴拿马草帽、身着藏青色夏服的七段出现了。闲居山中，他带了那个曾经带去红叶馆的大皮箱。一见面，便是水灾的话题。

"我家附近的脑科医院，如今的交通工具还是小船哪，早先是木筏……"七段说。

乘缆车从宫之下到堂岛，鸟瞰下方浊浪翻腾的早川，对星馆矗立在川中岛。到房间安顿好后，七段坐下来礼貌地寒暄。

"先生，您受累了。请多关照。"

当晚，名人晚酌，三分醉意，绘声绘色说了一个段子。大竹七段也说到少年时代的往事和家庭的琐事。兴之所至，名人便挑我下将棋，见我畏葸，就说：

"那大竹先生来吧。"

将棋用时三个小时，七段竟然赢了。

翌日清晨，名人在澡堂旁的檐廊上请人刮脸，应该是为明日的出战整理仪容。那把椅子没有地方枕头，夫人便靠在身后，手托名人的脖颈。

这日傍晚，列席的小野田六段和八幡干事会聚于对星馆。

名人挑战将棋和连珠棋，好生热闹。连珠棋又名"朝鲜五子棋"，名人接连败给小野田六段。

"小野田真厉害啊。"名人咂舌道。

东京日日新闻社负责围棋节目的记者五井与我对局，小野田六段帮忙记录棋谱。六段担任记录员，我诚惶诚恐。名人的对局也无此待遇。我执黑子，胜了五目。这盘棋竟上了日本棋院的机关杂志《棋道》。

来到箱根，歇息一天，疲劳消除。七月十日是约定的续弈日。对局的早晨，大竹七段精神焕发，紧抿双唇，一改往日的和悦表情，摇晃着肩膀走在檐廊上。那肿胀的、单眼皮纤细的眼睛放射出无敌的光芒。

名人抱怨溪流的水声太大，连续两晚失眠。他要把棋盘搬到尽量远离溪流的房间去。被劝说拍张照片也好，名人这才勉强坐了下来。他对用这家旅馆作对局场所一肚子怨气。

睡不着觉什么的，没法成为延迟对局的理由。即使是爹娘临终或棋手病倒于棋盘旁，也无法打破那样的续弈惯例。而如今，这种例子不胜枚举。在对局之日的早晨抱怨，即便是名人，也太过任性了。因为这是一场重要的棋赛，而且对于七段来说尤其重要。

无论在红叶馆还是这里，每次续弈都会临时生变。那些服务的工作人员又统统没有裁判官的权威，无法对名人下命令并裁决。七段也担心之后棋赛能否顺畅举行。但他还是爽快地顺从了名人的意思，脸上也没露出不悦的神色。

"这家旅馆是我选定的,害得先生没睡好,真是抱歉。"七段说,"咱换个安静的住处,让先生好好睡一觉。棋赛就改到明日吧。"

七段曾住过这堂岛旅馆,觉得是个绝好的对局场所,才选定了这里。不料突降大雨,溪流水量增加,像要把岩石冲走一般,水声哗哗的。旅馆像孑立于早川的河流中央,确实让人难以入眠。七段或许也感觉是自己的责任,所以才向名人致歉的。

七段与五井记者搭伴儿,要去找安静一点儿的旅馆。映入眼帘的是七段身着夏季和服的身影。

❖ ❖ ❖ ❖

当天上午,就把住处换到了奈良屋旅馆。翌日即十一日,时隔十二三天之后,续弈在奈良屋一号别馆举行。从这天起名人进入了棋赛状态,再不任性,而老老实实地服从安排。

小野田六段和岩本六段列席告别赛。岩本六段是十一日下午一点从东京赶来的,他坐在檐廊的椅子上眺望山景。因日历上是出梅日,所以清晨就看见了阔别许久的阳光,湿漉漉的土地上映出了树叶的影子,泉水里的锦鲤在欢快地游动。对局开始后,天空薄云笼罩。微风轻拂,摇动壁龛里的插花。

除了庭院里的瀑布和早川的急流声外，只能听见远处石匠的凿石声。庭院里的卷丹花香飘进屋里。对局室里异常宁静，不知是什么鸟儿，不管不顾地飞过檐头。这日从执白第十二手下到执黑第二十七手封盘，共十六手。

歇息四天后，七月十六日在箱根再度续弈。担任记录员的少女此前一直身穿藏青底碎白化和服，这日换上了白色绢麻的夏装。

虽称作别馆，却是同一个院落里的厢房，距本馆一町①远。名人经这条路回去吃午饭，其背影偶然映入我的眼帘。一走出一号别馆的门，就是斜坡道。名人微微弓腰，独自攀登上去，小小的双手在背后相互轻握，看不清手纹却可看见细微而杂乱的褶皱，他手里还拿着一把合上的折扇。腰部以下尽管微微倾斜，上半身却是笔直的。相反，下半身的腿脚却不稳当。路旁一侧的山白竹下，传来了小溪的流水声。这是一条宽阔的道路。仅此而已……可是看着名人的背影，我眼睑一热，似有深切的感受。离开对局场，他如释重负。静谧地流溢出淡淡哀愁的背影，令人感受到明治时代的故人遗风。

"燕子！燕子！"

名人驻足仰望天空，喉咙里发出嘶哑的声音。他走到一块大岩石前，上面刻着"明治大帝御驻跸御座所之基石"。基石上方，枝丫伸展的百日红尚未开花。奈良屋是当年诸侯住宿的驿站。

---

①町：日本长度单位，1町约合109.09米

小野田六段追上来，紧随名人身后照拂。名人的夫人则来到屋前的泉水石桥旁迎候。上午和下午，夫人都亲随名人到对局室，待名人在棋盘前坐定后则悄然离去。午休和暂停时间，她也一定会来迎候名人。

这时候，名人的背影好像失去了平衡。也就是说，他常常未能从棋赛的忘我心境中清醒过来，挺直的上半身还保持着对局时的姿势。因此脚底飘忽不定，仿佛一个高级的精神幻影浮在虚空中。名人神情恍惚，上半身一动不动似乎还在对弈，那身姿飘溢出馨香余韵。

"燕子！燕子！"

嘶哑的声音哽塞在喉咙里，没准儿此刻的名人才意识到自己的身体尚未回归常态。对这种状态，老名人早已见怪不怪。名人之所以让我感觉亲切，或许是因为那时他的形象深深浸润了我的心。

❖ ❖ ❖ ❖

"名人好像有些不舒服。"

夫人开始面带忧虑，是在箱根进行第三次续弈的七月二十一日。

"他说这里难受……"

夫人摸摸自己的胸口。据说自那年春天起，不时出现这种情况。

名人食欲不振，据说昨日就没吃早饭，午饭也只是薄薄的一片烤面包和不到半磅的牛奶。

当日，我还看到名人的尖下巴颏儿和瘦削的脸部肌肉在微微抽动。我以为是酷暑令他劳累过度的缘故。

那年虽已过了梅雨季节，但仍阴雨连绵，黏糊糊的。夏天也姗姗来迟。从七月二十日大暑之前开始，天气骤然热了起来。二十一日，阴沉薄霭又笼罩了明星岳，闷热难耐。檐廊边的卷丹花招来了黑凤蝶。卷丹花的一根茎上，绽开了十五六朵花。庭院里成群乌鸦的聒鸣也加强了闷热的感觉，就连一旁的少女记录员也扇起扇子来。棋赛初次遇上这样的溽暑天气。

"真热啊！"

大竹七段用日本手巾揩拭额头，又捋了捋头发，擦了一把汗。

"棋子都是热的。我爬山来此，箱根的山，天下之险哪！……"

七段执黑第五十九手，加上午休的时间，共用时一小时三十五分钟。

名人右手轻轻地支在身后，左肘支在扶手上，漫不经心地摇动扇子，而且不时地瞅向庭院，给人轻松、愉快、凉爽的感觉。年轻的七段聚精会神，观战的我也全神贯注，名人却静静的,一副举重若轻的样子。

不过,名人的脸上也渗出了汗珠。他突然双手抱头,然后按住双颊。

"东京大概热得要命了吧?"

名人说罢,久久地张着嘴,看样子迷离恍惚,仿佛想起了某日的酷暑,又好像追忆起遥远的炎热。

"啊,去湖边的第二天,突然……"列席的小野田六段答道。

小野田六段从东京刚来。所谓"湖边",是指在上次对局的次日,即十七日,名人、大竹七段、小野田六段一行人曾到芦湖边垂钓。

大竹七段长时间思考的第五十九手一落子,后边三手的路数即确定,落子仿佛紧跟声响一样。由此上边告一段落。随后,黑方有多种手段,亦有难以落子的地方。但七段移师下边,执黑第六十三手仅用时一分钟,看样子他早就胸有成竹。另外,在下边的白子领地,他试探性地落下一子,然后又返回上边。据说,这是大竹七段独特的、锐利的攻击方式,为的是后面胸有成竹。落子的声响充满了迫不及待的气势。

"凉快点儿了。"

七段即刻起身而去,在走廊脱下裙裤,如厕出来后,竟把裙裤前后颠倒穿上了。

"裙裤穿成裤裙了。"

七段说着重新穿好裙裤,灵巧地系了个十字结。不一会儿,他又去厕所小解,完事后再度返回座位上。

"下围棋的时候，最先知道天热。"

七段拿手巾用力擦了擦被油污弄得模糊了的镜片。

下午三点，名人吃了个冻糯米团。他对执黑第六十三手的落子感觉有点儿意外，思考了二十分钟。

对局中，七段频频离席小解。在芝公园的红叶馆开始对弈时，七段预先跟名人打了招呼。上次七月十六日对弈，小解的次数也异常频繁。名人对此惊诧不已。

"身体有了毛病吧？"

"肾病啊。神经衰弱……一想就得去。"

"那就少喝点儿茶啊。"

"不喝也行，可一动脑子就想喝啊。"七段话音未落，又站了起来，"对不起。"

七段的这个毛病，竟成了围棋杂志杂谈栏和漫画栏的上好素材。曾有人这样写道："一局棋走那么多路，恐怕沿着东海道都走到三岛驿站了。"

◆ ◆ ◆ ◆

及至封盘，离开棋盘前对弈者要计算当天的落子数，还要计算所用时间。这种时候，名人的反应实在太慢。

七月十六日下午四点零三分，大竹七段执黑第四十三手封盘后，有人告诉名人今日上午和下午共落子十六手。

"十六手？……那么多吗？"名人疑惑。

负责记录的少女一再跟名人强调："从执白第二十八手到执黑第四十三手封盘，的确是十六手。"对手七段也说明是十六手。开棋时，棋盘上只有四十二个棋子，一目了然。尽管两人如是说，但名人仍不明白。他用手指一个一个按住当日的落子，亲自慢慢地数，最终还是没弄清楚。

"复盘便知。"

于是他同对手两人，一个一个捡拾当日的落子。

"一手。"

"二手。"

"三手。"

数到十六手时，又重新数了一遍。

"十六手？……这么多啊。"名人木然地嘟哝了一句。

"先生下得快啊……"七段说。

"我不快啊。"

名人懵懵懂懂地坐在棋盘前，因为没有起身的迹象，所以大家也不好先行离席。过了片刻，小野田六段开口道：

"到那边去吧。换换心情……"

"要不下一盘将棋吧？"

名人如梦初醒。他既不是故意发呆，也不是假装糊涂。

那天只下了十五六手，无须查对。整局棋都在棋手脑中，以至于吃饭、睡觉时都在思考。名人却偏要亲手复盘才可相信。也许这就是名人的性格，一丝不苟，细致得无以复加。或许这也是他拐弯抹角的一种体现。这样的老名人十分有趣，但同时也令人感受到一种未必幸福的孤僻。

相隔四天，第五日续弈。七月二十一日从执白第四十四手到执黑第六十五手封盘，共下了二十二手。

封盘后，名人又问少女记录员：

"我今日用了多长时间？"

"一小时十九分钟。"

"是吗？"名人一愣，似乎有些意外。

这天名人十一手所用的时间相加，比对手七段执黑的第五十九手这一手所用的一小时三十五分钟还少了十六分钟。名人也觉得自己确实是一个"快手"。

"好像没用多长时间……挺快的啊……"七段说。

名人则又问少女记录员：

"镇①呢？"

"十六分钟。"少女答道。

"顶②呢？"

"二十分钟。"

七段从旁插话道：

"粘③却用时很长啊。"

---

①镇：围棋着数的一种。
②顶：围棋着数的一种。
③粘：围棋着数的一种。

"那是执白第五十八手啊。"少女一边看时间记录表,一边回答,"三十五分钟。"

名人似乎仍不相信,从少女手中接过时间表仔细地看。

我喜欢洗澡,又正值夏季,每次棋局暂停,我总是急不可待地跳入浴池。那日大竹七段兴致很高,几乎是与我同时跳入浴池的。

"今天落子很快啊。"我说。

"先生下得快,顺手。真是神了!这局棋看样子很快就会结束……"七段有点儿不悦地笑笑。

他仍旧体力充沛。对局前后,在对局室以外的地方同棋手会面是不妥的。这时的七段情绪激昂,像决心要奋力一搏,也许在他的脑子里,正酝酿一套凌厉进攻的着数呢。

"名人落子真快啊。"

列席观战的小野田六段也惊叹不已。

"我们棋院的段位大赛用时十一小时,按照名人的速度十分钟足矣。真是匪夷所思啊。就说白棋的那个'镇',岂能轻易落得了子……"

且看两人的累计用时。及至第四轮续弈的七月十六日,白方用时四小时三十八分钟,黑方用时六小时五十二分钟。至第五轮续弈的七月二十一日,白方用时五小时五十七分钟,黑方用时十小时二十八分钟。就在这一天,差距变大了。

后至第六轮续弈的七月二十六日,白方用时八小时三十二分钟,黑方用时十二小时四十三分钟。及至第七轮续弈的七月三十一日，白方用时十小时三十一分钟，黑方则用时十五小时四十五分钟。

而到了第十轮续弈的八月十四日，白方用时十四小时五十八分钟，黑方用时十七小时四十七分钟。差距缩小了。这天白方第一百手封盘后，名人就住进了圣路加医院。此外，八月五日对局时的白方第九十手，名人就强忍病痛思考了两小时七分钟之久。

十二月四日终盘，全局的用时情况如下：秀哉名人用时十九小时五十七分钟，大竹七段用时三十四小时十九分钟。相差十四五个小时，这巨大的差距令人生畏。

❖❖❖❖

十九小时五十七分钟，接近一般对局时间的一倍。但距离规定时限，名人还剩下二十小时有余。大竹七段用时三十四小时十九分钟，距离规定时限的四十小时，还余下六小时左右。

这盘棋，名人执白的第一百三十手是偶出昏着，但这一手却是致命伤。如果不是名人出了昏着，只要形势不明或细棋持续，想必七段就无法轻易取胜，没准儿须绞尽脑汁绞杀到规定时限的四十小时。而白方第一百三十手落子后，黑方便胜局已定。

无论名人还是七段,皆属有耐力的长时间思考型棋手。七段的棋凌厉,常常在规定时限临近前的最后一分钟里具有下出百手的气势。但名人不会有那般惊险的动作,他不是在时间制的束缚下修炼成才的。他的期望也许是在平生最后一场决胜局中,摆脱时间的限制,无怨无悔地搏一把。所以,这才有了四十小时的限定吧。

一直以来,名人决胜局的限定时间就特别长。大正十五年(1926)与雁金七段的对弈是十六小时。雁金七段因超时而败北。即使黑棋还有时间,那局棋名人胜五六目也已是板上钉钉。有人说雁金七段不应耗到超时,而应痛快地抛子认输。同吴清源五段对局时,规定时限是二十四小时。

比较名人别具一格的用时,此番退役告别赛的规定时限是四十小时,约莫是他之前用时的两倍,是一般棋手的时限的四倍,简直像是没有了时间限制。

如果是名人提出了超常规的四十小时这样的条件的话,那么他就是背上了自己的沉重的包袱。也就是说,名人得自讨苦吃地强忍病痛,接受对手的长时间思考。大竹七段用时三十四小时以上,足以说明问题。

每五日续弈,原本是想照顾名人的衰老病弱,结果却适得其反。假使双方充分使用所需时间,那么合计得八十小时。一轮对局约五小时,则需鏖战十六轮。每隔五日一轮,顺利的话亦需三个月有余。一盘棋历时三个月,全神贯注地激战,始终处于紧张的状态之中,那样的围棋决胜气氛会令人不堪忍受,相当于无谓地损耗棋手的身心。对局期间,棋手寝食不安,棋局永远盘旋于脑际。虽说歇息四天,但与其说是休养,莫如说更加剧了疲劳。

名人患病后,歇息四天更成了负担。不用说他自己,就连此番棋赛的服务生们也都祈盼早日终盘。他们希望名人早日放松下来,这自然也是出于担心——怕名人指不定什么时候会病倒……

在箱根,名人有一次身体不支便跟夫人说:"不论胜败,只希望早日下完这盘棋。"

"以前从没说过那样的话……"夫人凄怆地说。

据说还有一回,名人对一个服务生说:

"继续下这局棋,我这病如何能好?我常有那样的念头,掀翻这棋盘,我便解脱了。可是,我如何做得出那种忤逆艺道的事呢?……"

他低下头又说:

"当然,我并未认真地思考过。只是痛苦之时,那念头会掠过脑际罢了……"

虽是私下里告白,却是真情的吐露。无论什么场合,名人都很少牢骚满腹,也不说泄气的话。五十年的围棋生涯中,多次获胜乃因强于对手的耐性。名人不会哗众取宠,夸张地展示自己的悲壮和痛苦。

◆ ◆ ◆ ◆

在伊东续弈后不久，某日我问名人："这盘棋结束后是再度住院，还是像往年那样去热海避寒？"名人突然来了兴致道：

"嗯……其实问题在于棋赛结束前会不会病倒。坚持到今日，我自己都感觉不可思议呢。倒并非深思熟虑过，也没有什么所谓的信仰，但仅凭棋手的责任感也是无法坚持到今日的。嗯，说不定还真是某种精神上的力量……"

他微微歪着头，慢条斯理地继续道：

"说到底，也许我就是个感觉迟钝的人。呆头呆脑……我觉得，这反而是一件好事。在大阪和东京，'呆'的意思不同。东京人说的'呆'，有点儿'蠢'的意思。可是在大阪，似有别样的意思，譬如绘画中'这里画得模糊一些'，围棋中'下在这里模棱两可'的意思……"

我听后琢磨着名人意味深长的话语。

名人很少这样子倾诉衷肠，他不是喜形于色的人，也不是会随便说话的人。我作为观战记者，因为长期细心地观察名人，所以才会对他若无其事的神态和言语偶有所感。

明治四十一年（1908），秀哉承袭了本因坊师名，之后每每遇事，担任名人著书助手的广月绝轩一直都支持他。他写到追随名人三十余年，从未听名人说过"拜托你了"或"辛苦你了"。据说，名人因此被人误解是个冷酷无情的人。而且，世间多议论称绝轩是在名人的授意下活动的。名人超然物外的样子，仿佛与己无关。绝轩还写到有误传，说名人与不干净的钱财有牵扯，名人要提供反证。

在退役告别赛的对局中，名人也从未说过那样的应酬的话，所有应酬皆由夫人出面。他也从不以名人自居，摆臭架子。他就是那样一个人。

与围棋有关系的人有事与他商量，他也只是"哦"一声，然后木然地沉默不语，因此很难获知他的意见。面对拥有绝对地位的名人，又没法打破砂锅问到底，我想这人有时也左右为难。在客人面前，多半由夫人代表名人应酬。名人发呆时，夫人便焦虑不安地敷衍周旋。

名人还常有另外一种表现：喜欢在业余爱好和个人嗜好方面与人叫板，却感觉迟钝、神情恍惚，很难领会他人的意思，即他自己所谓的"木讷"。下将棋、连珠棋时自不必说，就连打台球、搓麻将时他都要长时间思考。这使对手感到厌烦。

在箱根的旅馆里，名人、大竹七段和我打过几次台球，名人的得分最高，七十分。大竹七段则像下围棋似的细算得分。

"我四十二，吴清源十四……"

名人每击一球都要思考很长时间，他摆好架势反复摩挲着球杆，然后胸有成竹地一击。他击球的次数很多，每次都经过长时间周密思考。一般来说，打台球时球和人体的运动速度最为密切，配合得好便能击打出好球。但名人却没有那种运动细胞。看名人挥杆击球，真让人着急。继续看下去，会给人一种哀伤的亲切感。

搓麻将时，名人将包装纸折成细长条，把麻将放在上面。不论是包装纸的折法还是麻将的摆法，他都一丝不苟，弄得整整齐齐。我认为那是名人的洁癖。

"嗯，像这样把麻将摆在洁白的纸上，会变亮，容易看清楚牌，不妨试试。"名人说。

一般人认为，打麻将手灵活、出手快才有竞赛的氛围。可名人思考的时间却很长。他慢条斯理，对手都等得心烦气躁，没了兴致。名人却不管对手什么心情，只是自顾自地一味思索。对手耐着性子跟他打牌，名人却全然不觉。

❖ ❖ ❖ ❖

"下围棋和下将棋，是无法了解对手的性格的。有人说通过对局，可以看出对手的性格。而对于通晓围棋精神的人来说，毋宁说这是歪门邪道。"

名人这样说到业余围棋，多半是出于对那些一知半解地议论棋风者的愤懑。

"像我这样的人,与其琢磨对手,莫如投身于围棋本身的三昧境界。"

辞世那年的元月初二,亦即临死前半个月,名人出席了日本棋院的棋赛开幕式,并参加了连棋赛。所谓"连棋赛",即当日到访棋院的棋手,找到对手后各下五手就打道回府,以此代替棋赛开幕时放下祝贺的名片再离去。排队等候的时间太长,于是又开了一局。第二局棋至第二十手时,名人见濑尾初段闲得无聊,就跟他又开了一局。从第二十一手下到第三十手,各下了五手。这局棋已没有后继的棋手,名人下完最后一手即可暂停。这第三十手即最后一手,名人竟思考了四十分钟。其实,不过是开幕式的即席助兴,又没有续弈者,随意下一手并无大碍。

告别赛中途暂停,名人住进了圣路加医院。我曾去医院探视。医院病房内的家具都是特大号的,适合美国人的体格。名人身材短小,坐在高高的床上,让人觉得不踏实。他脸上的浮肿基本消退了,双颊有了点儿肉。他神态自若,轻松悠然,最重要的是卸去了心头沉重的负担,仿佛变成迥异于棋赛状态的慈祥老人。

连载告别赛情况的新闻社记者云集于此,据说每周的悬赏问题都备受关注。每个周六都会募集读者的解答,看下一手该落在哪里。我也跟记者说了一句:

"本周的问题是执黑的第九十一手……"

"九十一……?"

名人顿时转换成凝视棋盘的表情。糟糕！我意识到不能谈及围棋。

"白子一'飞'，黑子第九十一手本该'跳'……"

"嗯……那里不是'跳'就是'长'，只有两种下法。想必很多人都会猜中。"

说话时，名人自然地挺直腰背，抬起头来正襟危坐。这是他对局时的姿势，威仪凛然。面对虚空的棋局，名人久久处于忘我的状态之中。

无论此刻还是元月里下连棋时，他都潜心于棋道技艺，一丝不苟，每一手都不敷衍了事。与其说是他重视作为名人的责任，不如说那已是无意识中的自觉。

年轻人一旦被找去做名人的将棋对手，心里就开始发虚。以我观察的一两例来说，名人同大竹七段在箱根对弈，"让香车"的一局从上午十点下到傍晚六点。另外，在这次告别赛之后，东京日日新闻社举办了大竹七段同吴清源六段的"三番赛"，由名人担任讲解员。我撰写第二局观战记时，藤泽库之助五段前来观战，被拉去跟名人下将棋。从上午下到夜里，一直下到第二天凌晨三点。第二天早晨，名人跟藤泽五段一照面，又拿出了将棋棋盘。

七月十一日告别赛箱根续弈之后，为照料名人而入住奈良屋的东京日日新闻社的围棋记者砂田，在接下来十六日续弈前夕的聚会上说：

"我真是服了名人了。自那以后连续四天大清早起床，喊我打台球，一打就是一整天，打到深夜，天天如此。简直就是超人啊。"

名人从不对夫人抱怨下棋累了、倦了。夫人经常提及一个故事，以此来说明名人对棋艺的如痴如醉。我在奈良屋旅馆也曾有所耳闻。

"那时我们住在麻布笋町，房子不大。其中一个十叠大小的房间，既作对局室，又作练习场。无奈的是，隔壁八叠大小的房间作了餐厅。在那里的客人大声说笑，喧闹不已。有一回，恰巧我家先生与某棋手在对弈，我妹妹把她刚出生的婴儿抱来给我看。孩子哭个不停，我焦急万分，希望妹妹早点儿回去。可是，我们又很久没有见面了，妹妹特意来此让我看孩子，我怎么好意思开口呢？妹妹走后，我跟我家先生道歉：'准把您闹烦了吧？'先生却说，他完全不晓得我妹妹来过，也没听见婴儿的哭闹声……"

夫人又补充说道：

"已故的小岸说过，他早就想成为像我家先生那样的人，每晚歇息之前，他都在被褥上静坐。那时候，正流行'冈田式静坐法'呢。"

小岸即小岸壮二六段。他是名人的爱徒，名人说过"只信赖他一人"，也曾考虑让他做本因坊的继承人。不料小岸却于大正十三年（1924）一月英年早逝，虚岁二十七。晚年的名人，动辄想起小岸六段。

野泽竹朝还是四段的时候,在名人家中同名人对弈时也发生过类似的事。少年弟子们在学徒房嬉戏打闹,噪音传到了对局室。野泽出去制止他们,并告知这样会被名人叱责。可是名人却没听见噪音。

◆◆◆◆

"午休时间,名人也是一边吃饭一边凝望虚空,一言不发……想必这一手让他耗尽心力。"

名人夫人说的是七月二十六日在箱根的第四次续弈。

"吃饭的时候,他心不在焉。我说:'吃饭不专心,肠胃不蠕动的话,恐怕对身体不好。'他却拉长了脸,继续定定地凝望虚空。"

黑方第六十九手的强势进攻,名人似乎也没有料到。他勉强应对,苦思冥想了一小时四十六分钟。这是此局开始后名人思考时间最长的一次。

但对于大竹七段而言,大概五天前就成竹在胸了。今早续弈时,大竹七段按捺住自己焦急的心绪,再度思考了二十分钟。这当儿,他跃跃欲试且自顾自地摇晃着,并将身体探到棋盘上方。继黑子第六十七手之后,他又强硬地落子第六十九手。

"雨，还是暴风雨？"大竹七段说罢，便放声大笑。

适逢此时，一场暴风雨骤然而至。庭院里的草坪转眼间被水淹没。风雨在急忙关上的玻璃门上敲打。大竹七段脱口而出一句诙谐的话语，这仿佛也是他内心的呼唤。

名人看到黑子第六十九手，仿佛看到了鸟影突现般吃了一惊。一阵愣神儿过后，他露出了和蔼可亲的面容。这对名人来说，亦是罕见的表情。

之后在伊东续弈时，黑方意外的一手有封盘之嫌。名人看到后很生气，想到围棋竟也受到这般玷污，便恨不能投子弃赛。好歹到了休息时间，他才向我等吐露了心中的愤懑。但是面对棋盘时，名人却始终不露声色，也没人觉察到他内心的动摇。

看来，黑子第六十九手宛如一把寒光逼人的匕首。名人旋即陷入了沉思。午休时间已到，名人离开了对局场，而大竹七段却依然站在棋盘旁。

"这里可是节骨眼、分水岭啊。"

七段依依不舍地俯视着盘面。

"生死劫啊！"

我话音未落，七段爽朗地笑了。

"总害我一个人苦思冥想……"

午休之后，名人一落座就下出白子第七十手。吃饭的休息时间是不算在规定的时限之内的。名人吃饭的时间里仍在思考棋局，对此大家心知肚明。但为掩人耳目，下午的第一手本来应该装作思考状的,可名人没有这个本事。相反,就是在吃午饭的时间里,他也定定地凝望着虚空。

❖ ❖ ❖ ❖

黑子第六十九的攻击有"鬼手"之谓。名人后来也讲评道,说那是大竹七段独创的凌厉攻击着数。错误应对,白棋的局面势必会变得无法收拾。为此,名人用时一小时四十六分钟落子白子第七十手。十天后即八月五日,执白第九十手用时两小时七分钟,这是名人在本局中思考时间最长的一次。白子第七十手的一手次之。

列席观战的小野田六段等都很敬佩。若说黑子第六十九手的进攻是"鬼手",那么白子第七十手的凌厉反击则是"妙手"。名人隐忍退让了一步,然而反守为攻,一举摆脱了困局,真可谓名手之绝着。白棋的这一手削弱了黑棋凌厉的攻势,看来黑棋是虚张声势、用力过猛,白棋却是弃子疗伤、轻装上阵。

"雨,还是暴风雨?"

大竹七段说完没多久,霎时间天昏地暗。开了电灯,棋盘如镜,白棋仿佛与名人的风姿融为了一体。庭院里风雨凄凄,反而衬托出对局室的静寂。

雷阵雨很快停息。半山腰上雾霭缭绕，下游的小田原方向晴空万里，阳光照耀着峡谷对面的山峦。蝉鸣聒噪，檐廊上的玻璃门开着。七段执黑第七十三手时，四只漆黑的小狗在草坪上嬉戏。天空又阴沉起来。

一大清早，又是一场骤雨。上午对局的时候，久米正雄坐在檐廊上的椅子上，感慨地喃喃自语：

"落座于此，顿觉心情舒畅，心境也通透澄澈……"

久米刚担任东京日日新闻社学艺部部长，头天晚上来此观战一宿。小说家担任新闻社学艺部部长，近来不曾有先例。围棋归学艺部主管。

久米对围棋几乎一窍不通。他坐在檐廊上看山，不时望望对弈者，棋手内心的波澜也会传递到他心中。名人面带悲痛的表情苦思冥想时，久米温和微笑的脸上也会不时浮现出同样悲痛的表情。

不谙围棋的我和久米是"五十步笑百步"。尽管如此，但在一旁观战期间，我竟不知不觉地感知到棋盘上不动的石头棋子如同拥有生命的精灵一般在说话。棋手落下棋子的声音仿佛在偌大的世界里回响。

对局场设在二号别馆。三个房间不相邻，一个是十叠大小，另两个是九叠大小。十叠大小那房间的壁龛里插着合欢花。

"这花像要凋谢了……"大竹七段说。

这天下了十五手，白子第八十手封盘。

"快到下午四点的封盘时间啦。"

少女记录员提醒说,名人却像是没有听见一般。少女向名人微微欠身,一度踌躇不决。七段看到便帮着少女问了一句:

"先生,您在封盘吗?……"

七段的问法像是在摇醒沉睡的孩子。名人总算听见了,他嘴里嘟囔着,但声音嘶哑,听不清他在说什么,多半是他知道该封盘了。日本棋院的八幡干事把信封预备好了,名人却仍旧呆呆地望着,仿佛事不关己,而且带着一副无法立刻回到现实的表情。

"封盘的这一手还没确定吗?"

他接着又苦想了十六分钟,执白第八十手用时四十四分钟。

◆ ◆ ◆ ◆

七月三十一日续弈,对局场又改在了"新上段之家"。三个房间相邻,两个八叠大小和一个六叠大小,分别悬挂着赖山阳、山冈铁舟、依田学海的匾额。三个房间都在名人房间的楼上。

名人房间的檐廊边,绽开着一簇簇八仙花。今天黑凤蝶也飞落在花上，鲜艳的姿影映在泉水中。房檐下的紫藤架上，枝繁叶茂。

名人在对局室里思考白子第八十二手时，耳闻水声，便俯视外边，看见夫人站在泉水石桥上，正往水里投掷麸饼。那是鲤鱼向那儿聚拢的水声。

"家里有从京都来的客人，我回家了。这阵子东京也凉爽多了……"当日凌晨，夫人对我说，"不过，天凉下来，我又担心他会感冒……"

夫人站在石桥上，天空飘起了毛毛细雨，一会儿大颗的雨点不期而至。大竹七段不知道下雨了。别人告诉他时，他说了一句：

"老天爷也患肾病了吗？"

多雨的夏天，到箱根没遇上一个晴朗的对弈日。晴雨无常，现在的这场雨也是一样，七段思考黑子第八十三手时，八仙花上阳光明媚，山峦亦翠绿如洗、光灿润泽，可转眼间天空阴沉下来。

执黑第八十三手，七段思考了一小时四十八分钟之久，超过了白子第七十手时的一小时四十六分钟的纪录。七段双手支地，连同坐垫一起往后挪了挪，然后凝视着棋盘右侧。旋即又将手揣在怀里，腆着个肚子。这是七段长时间思考的前兆。

到盘中，每一手都至关重要。黑白的地盘大致已明了。结局如何还无法准确地估算，但已临近。就这样进入收官，或杀入敌阵，或在别处挑起战事，这时候看棋局大势来判断胜负，并据此拟定作战的计划。

在日本学习围棋后返回德国，被人称作"德国本因坊"的菲利克斯·迪巴尔博士给名人的告别赛发来贺电。今日的晨报上刊登了两位棋手阅读博士电报的照片。

今日白子第八十八手封盘。八幡干事见面便说：

"先生，此乃米寿之贺礼啊。"

名人清癯的脸颊和颈项尤其瘦削，但比酷热的七月十六日却显得更加精神。掉了肉或可谓之为形销骨立，但反而意气高昂。

谁都没想到名人会在五日后的对局中病倒。

黑子第八十三手时，名人迫不及待噌地站起来，顿时全身的疲劳显露出来。这时是十二点二十七分，当然是午休的时间。名人不顾一切地站起来，这种情况是前所未有的。

❖❖❖❖

"我曾一味地祈求神明庇佑，但或许心不够诚吧。"

八月五日早晨，名人的夫人这样对我说。她接着又说：

"我就担心发生这种事。过分担心，反而……如今只能祈求神明庇佑了。"

我是有着强烈好奇心的观战记者,并崇拜赛场上的英雄名人。听了长年相伴名人的夫人的话,我一时不知所措,无言以对。

这盘棋诱发了名人的心脏病。胸闷早已有之,但他从未与人提起。

八月二日前后,名人脸部开始浮肿,胸口也开始疼痛。

八月五日是规定的对弈日。姑且改成上午下午两个小时,且之前须接受诊察……

"……要看医生吗?"名人问。

听到医生紧急去了仙石原出诊,他便催促道:

"这样啊,那就开始吧。"

名人在棋盘前坐定,双手轻轻地捧起茶碗,喝了一口温茶,然后挺直身子,双手交叠轻置于膝上。脸部表情却像一个要哭出声来的孩子一样,紧努的双唇使脸颊的浮肿更加明显,连眼睑都是肿的。

对局大致按规定时间在上午十点十七分开始。今日晨雾变为骤雨。不多会儿,早川下游的方向又明亮起来。

白子第八十八手启封,大竹七段十点四十八分执黑第八十九手。那么名人的白子第九十手便过了正午,快一点半了还举棋不定。他强忍病痛长时间思考竟达两小时七分钟。思考期间,名人正襟危坐,面部的浮肿反而消退了。终于到了午休时间。

一般休息一小时,今日却是两小时。名人接受了医生的诊察。

据说大竹七段肠胃不适，连服了三种药，还吃了预防脑贫血的药。七段曾在对局中晕倒过。

"引发脑贫血是在此三者叠加之时，棋势不佳、时间不多和身体异常……"

说到名人的病，大竹七段说：

"我是想弃赛的，但先生无论如何也要下……"

午休过后，返回对局室之前，名人决定白子第九十手封盘。

"先生，您受累了。"大竹七段抚慰道。

"抱歉啊。请原谅我的肆意妄为……"

名人破天荒地道歉后，棋赛便暂停了。

"脸肿我倒不在意，但这里翻过来倒过去，真是难受。"

名人抚摸着自己的胸脯，画着圈儿对学艺部部长久米说明病痛。

"时常会有上不来气、心跳加快，或憋闷难耐的感觉……以为自己还年轻呢。其实，过了五十岁才感觉上了年纪。"

"如果斗志能战胜年老就好了。"久米说。

"先生，我才三十岁，可已经感觉上了年纪呢。"大竹七段说。

"你还早着呢。"名人说。

名人在休息室与久米部长对坐片刻，说到一些少年时代的往事，比如前往神户在阅舰式的军舰上第一次看见了电灯。

"生病真要命，不让打台球。下两盘将棋应该没事，来吧……"

名人笑了笑，站起身来。说是两盘，可不是两盘就能完事的。久米知道名人今日要跟人一决胜负，便说：

"还是搓麻将吧，不用动脑子。"

名人午饭时只吃了梅干就稀粥。

◆ ◆ ◆ ◆

学艺部部长久米来此，或因名人患病的消息传到了东京。弟子前田陈尔六段也来了。列席的小野田六段和岩本六段两位也于八月五日到达。连珠棋的高木名人在旅行中也顺便到访。滞留宫之下的将棋土居八段也到此游玩。棋手相聚，热闹非凡。

久米部长善解人意。名人跟久米、岩本六段和砂田记者一起打麻将，而放弃了下将棋的念头。三个陪练者都小心翼翼，百般关照名人，而名人却十分投入，独自陷入长时间的思考。

"你呀，过分投入，脸又要肿啦。"

夫人忧心忡忡地贴在名人的耳边小声说。名人却似乎没有听见。

高木乐山名人则在他们身旁教我玩移动连珠棋和活动五

目棋。高木名人精通所有游艺，还能想出新的玩法，给大家带来许多乐趣。今天也教给我一种新的游戏，叫"金枝玉叶"。

晚饭后，名人又跟八幡干事和五井记者玩让两子连珠棋至夜半。

前田六段白天与名人夫人说了几句话就匆匆离开了旅馆。对前田六段来说，名人是师傅，大竹七段是师兄，他大概是担心被人误解或有闲言碎语，所以才避免与对弈者会面的。他也许有过前车之鉴。当初名人与吴清源五段对弈时，有人说执白第一百六十手的绝杀是前田六段发现的……

翌日即六日早晨，在东京日日新闻社的照拂下，川岛博士从东京来给名人诊视。诊断结果是主动脉瓣关闭不全。

诊视完毕，名人又坐回病床上继续下将棋。对手还是小野田六段，采用"未成银将"下法。然后是高木名人同小野田六段对弈，采用"朝鲜将棋"下法。名人倚在扶手上观战。

"好了，打麻将吧。"

名人迫不及待地催促道。可因为我不太会打麻将，所以人数没凑够。

"久米先生呢？"名人问。

"久米先生去送医生，顺路回去了。"

"岩本呢？"

"回去了。"

"是吗？都回去了？"

名人有气无力地问道，那种孤寂感深深地打动了我。

我也要回轻井泽去了。

◆ ◆ ◆ ◆

新闻社和日本棋院的相关人员与东京的川岛博士及宫之下的冈岛医师商量后，决定尊重名人的意愿并让其继续参赛，但对局时间由原先的每五天一轮，一天五小时，缩短为每三四天一轮，一天两个半小时，旨在减轻名人的疲劳。每次对局前后，须接受医生的诊察且获得医生的许可。

事已至此，唯有此权宜之计可施。缩短后边的天数，旨在使名人从病痛中解脱出来，能善始善终地完成这次的棋赛。为一盘棋，竟要在温泉旅馆滞留两三个月，我觉得太过奢侈。但这就如同"罐头制"的意思一样，将人"塞"在围棋这样的罐头里。假如四天的休息时间可以回家的话，摆脱围棋散散心也可以消除疲劳。而所有人被封闭在棋赛的旅馆里，则是无法转换心情的。两三天甚至一周，问题都不大，可两三个月对六十五岁的老名人来说却未免有些残酷。现今的对局，照例是"罐头制"。尽管有老年人和时间过长的问题，但说是"不道德"恐怕有些言过其实。在名人眼中，或许这种条件苛刻的对局恰恰能成就英雄的桂冠。

名人不到一个月就病倒了。

然而，那个对局的条件是来到这里之后变更的。对于对手大竹七段来说，可谓非同小可。若不能按照当初的誓约对弈，名人本可弃赛。他虽然没有表达那个意思，但还是说：

"休息了三天，仍身心俱疲。一天下两个半小时，是够受的啊……"

这是以退为进。但大竹要跟老年的病人对弈，却让人觉得不地道。

"先生有恙，岂能强求对弈？难办啊……我想弃赛的，先生却说不可。但世人不会那样看啊，反倒认为是我死乞白赖。继续对局的话，若先生病情加重，我如何脱得了干系？这可如何是好？肯定会在围棋史上留下污点，让我今后集恶名于一身。即便从人情来讲，也该让先生静养身心，待病愈后再来啊……"

无论在谁眼里，跟重病患者决战都是不合时宜的。战胜病人乃是乘人之危，败北的话更是惨不忍睹。眼下胜负尚不明朗。名人面对棋盘时，常常会自然忘记病痛。而大竹七段就得强迫自己忘记对手的病痛，毋宁说这会使七段更加被动。名人竟成了一个悲壮式的人物。报纸上也登出一句话："坚持对弈，哪怕倒在棋盘旁，这是棋手的本愿。"他竟成了以身殉艺的名人。而神经质的七段却别无选择，只得应战，还得顶着漠不关心对手病痛且缺乏同情心的恶名。

新闻社的围棋记者甚至说："强迫病人对弈关乎人道问题。"但想方设法让名人续弈的正是告别赛的主办方新闻社本身。这盘棋的盛况在报纸上连载,极具人气。我写的观战记也获得了成功,甚至许多对围棋一无所知的人也读了。有人私下对我说:"名人可能担心棋赛中断,数额巨大的对局费没了着落。"我想这是牵强附会的胡乱猜测。

总之,下一个对弈日即八月十日的前一天晚上,大家为了说服大竹七段同意续弈,全都出动了。但你说东,他非要言西,这七段简直像个顽劣的孩童,一会儿点点头像是同意了,一会儿又不然。新闻社的责任记者和棋院的服务生们笨嘴笨舌,根本无法应付。安永一四段是大竹七段的知心好友,善于处理各类纠纷,便自告奋勇地去说服七段,不料碰了一鼻子灰。

半夜里,大竹夫人也抱着孩子从平塚赶来。夫人对丈夫好言相劝,最后都哭了,但仍无济于事。夫人尽管哭泣着,但还是温柔体贴、条理清楚地跟丈夫理论,这绝非假作贤惠的女人的劝说方式。我伫立一旁,夫人发自内心的哭诉感动了我。

夫人原是信州的地狱谷一家温泉旅馆的千金小姐。在围棋界,大竹七段和吴清源在地狱谷深居简出研究新布局乃一段佳话。早就听说夫人在少女时代就是美人。从志贺高原下到地狱谷的年轻诗人都说,夫人她们姐妹都很美。我正是从诗人那里获得的这个印象。

在箱根旅馆见面时,她只是一位不显山露水、忙前忙后的妻子,我有点儿失望。她不施粉黛,憔悴地操持着家务,怀抱婴儿的形象残留着当年山村牧歌式的姿影，一看便是位温柔贤淑的妻子。她怀中的婴儿让我感动不已，我从未见过这么好看的孩子。八个月大的男孩儿长得堂堂正正、威风凛凛，好像蕴蓄着大竹七段的雄心。婴儿的肌肤白皙清爽。

事情过去了十二三年，如今大竹夫人一见我就提起那个孩子。

"这是承蒙先生夸奖的孩子……"

夫人指了指那个少年，告诉他说：

"你还是婴儿时，浦上先生就在报纸上夸了你……"

对于怀抱婴儿的夫人流着眼泪苦口婆心地劝说，大竹七段似乎心软了。他是个顾家的好男人。

然而大竹七段同意续弈后，仍彻夜难眠，苦恼难消。黎明时分，才五六点钟光景，他便在旅馆的走廊上慢悠悠地来回踱步。有时一大早，他便穿好带家徽的礼服，怏怏不乐地横卧在玄关大厅的长椅上。

❖ ❖ ❖ ❖

十日早晨，名人的病情如旧。医生虽同意对局，但名人脸上仍然浮肿，身体明显衰弱。同样是那天早上，有人问当日对局场设在本馆还是别馆，名人回答他已经走不动了，又说前些时日大竹七段提及本馆的瀑布声嘈杂，所以让请大竹七段决定。瀑布是用自来水造的，于是决定关了瀑布在本馆对弈。听了名人这番话，一股近乎愤懑的悲哀涌上我的心头。

沉迷于棋赛的名人，好像已经魂不附体似的，只能任凭服务生们摆弄，也不再像往日那样肆意妄为了。即便在患病后棋赛陷入进退两难之时，大名鼎鼎的名人依然恍恍惚惚，仿佛事不关己似的。

八月十日的前一天晚上，月明星稀。清晨阳光灿烂，万物清新，白云放光，这盘棋开赛迎来了第一个仲夏天气。合欢树也尽情地舒枝展叶。大竹七段外褂上的白色带子异常醒目。名人夫人说：

"哦，一直这样的天气该多好……"

名人夫人面容清癯，简直变了样儿。大竹夫人也睡眠不足，面色苍白。两位夫人均显憔悴，脸上闪烁着不安的神情。她们都在为自己的丈夫担忧，坐卧不宁。显然，她们首先考虑的都是自己的丈夫。

仲夏时节的户外，阳光灿烂。逆光看去，室内名人的身影却显得暗郁凄怆。对局室里的人俯首凝神，不看名人。平素爱说笑的大竹七段，今日也缄口不语。

非要这样下棋吗？人要紧，还是围棋要紧？我由衷地心疼名人。我想起直木三十五临终之前，在他绝无仅有的私小说《我》中写道："我真羡慕围棋人。说它没价值就绝对没价值，说它有价值就绝对有价值。"直木逗弄着猫头鹰又说：

"你不寂寞吗?"猫头鹰啄破了桌上的报纸。那份报纸刊登了本因坊名人同吴清源的棋赛。名人患病,棋赛中辍。直木试图探究围棋奇妙的魅力和胜负的纯粹性,进而考究自己的大众文学的价值。他进而写道:

"……近来,我渐渐产生了厌倦心情。此刻已是下午四点多,今晚九点以前必须写完三十页稿纸。可我感觉已无关紧要。我愿意侍弄一天猫头鹰。难道不是为自己,而是为大众文艺和家庭而拼命地操劳?他们对我何等的冷酷!"

直木终因写作劳累而死。我最初认识本因坊名人和吴清源,乃由直木三十五引见。

直木临终时像个幽灵。眼前的名人也像个幽灵。

这天共下了九手。大竹七段执黑第九十九手时,到了约定的封盘时间十二点半,所以之后便由七段独自去想,名人离开了棋盘。此时才听见了谈笑声。

"当学徒的时候,卷烟抽完了就用烟斗……"名人悠然地吸着烟卷儿,"我把积存在袖兜里的烟末都填了进去,也能过瘾呢……"

一阵凉风吹入。因为名人没在跟前,所以七段便脱了罗纱外褂,然后沉思起来。

中途暂停,回到自己的房间后,名人便同小野田六段下起了将棋,实在令人吃惊。据说下完将棋又打了麻将。

我心中郁闷,闷在对局的旅馆里都要崩溃了,于是逃往塔泽的福住楼,在那里写出一回观战记,翌日又返回轻井泽的山中小屋。

❖ ❖ ❖

名人活像一个好斗的饿鬼，闷在屋里不断撕咬。长此以往，必然会对他的健康造成影响。名人也许不会排解情绪，总把压力憋在心里。即便在棋赛暂停或离开棋盘时，他也始终沉浸在棋赛的氛围之中。名人也从来不去户外散步。

以胜负为职业的人，一般也喜欢其他的竞赛。名人的态度却是不同的。对他而言，所有的比赛都不是轻松的消遣，他也不会适度收手。他有耐性、不依不饶，曾经连日连夜地鏖战。他令人生畏，没有什么散心消遣的时刻，活脱脱一个鬼迷心窍的好斗恶鬼。他连打麻将、打台球也如同下围棋时一样，进入无我忘我之境界。这种状态威慑了对手，但对名人自己来说却是真实而纯净的展现。名人的走火入魔与常人不同，仿佛心魂游走于遥远的彼方。

哪怕棋赛暂停到晚饭之前的短暂时间里，名人也要比赛。列席的岩本六段晚酌，刚呡了两口小酒，名人便急不可待地来邀他比赛。

箱根对弈初日，棋赛中途暂停。

大竹七段一回到自己的房间，就对女佣说：

"去哪儿找个棋盘来……"

他像是在复盘方才的棋局,传来落子的声音。

名人则很快换上了夏季和服,出现在服务生的房间里,并让两子同我下起连珠棋。他不费吹灰之力,五六着便将我击败。

"让两子都这样,没意思。到浦上的房间下将棋吧。"

名人兴冲冲地站起身便走。他同岩本六段的"让飞车",晚餐时分暂停。微醺的六段盘腿而坐,拍打着裸露的大腿败给名人。

而晚饭之后,从大竹七段的房间还不时传来围棋的落子声。不大一会儿,他下来了,也以"让飞车"捉弄了砂田记者和我,说:

"啊,不好意思,我一下将棋就想唱歌。其实我也喜欢下将棋,鬼使神差却下了围棋。这个问题令我百思不得其解。我下将棋比围棋早得多,大概四岁就学会了。不知为何,下了那么长时间,却没有长进……"

说罢,他手舞足蹈地唱起了儿歌、民谣以及他擅长的用俏皮话换词的歌曲。

"大竹君的将棋,恐怕是棋院里最强的吧。"名人说。

"哪里,先生才厉害呢……"七段答道,"在日本棋院,没有一个人是将棋初段。先生常下连珠棋吧?好像总是先生先走。我不懂棋谱,有点儿蛮勇……先生却是连珠棋三段。"

"说是三段,其实不及专业初段。还是专业的厉害……"

"将棋的木村名人,围棋下得怎么样?……"

"大致初段吧。近来大有长进。"

接着大竹七段同名人下起将棋,互不让子。歌声响起:

"恰恰咔恰恰,恰恰恰恰恰……"

名人也被吸引住,不由得和着哼了起来:

"恰恰咔恰恰,恰恰恰恰恰……"

这种得意失态于名人是罕见的。名人的飞车杀入敌阵,略占优势。

当时的将棋游戏使人心情明朗。可名人几度患病后,游戏的棋赛中便弥漫着某种阴郁的气氛。八月十日对局后,名人虽勉为其难地继续比赛,却已活像冥府之人。

下轮对局是八月十四日。名人的身体极度衰弱,病情愈发严重,医生禁止他对弈,服务生们也极力劝阻,报社也已死了心。最后决定,名人十四日只下一手即停赛。

对弈者落座后,先将棋盘上的棋盒移至膝前。但对名人来说,棋盒不轻。而后两人要摆开阵势,直至中间停赛。就是说,两人须按照顺序落子。起初名人的棋子像要从指尖掉落下来,但下着下着来了精气神,落子的声音也高亢起来。

名人一动不动,今天的一手思考了三十三分钟。本来约定白子第一百手封盘,名人却提出:

"我还能再下一会儿。"

这种心情不难理解。服务生们慌忙商量对策。但是既然有约在先,还是决定一手休战。

"那就……"

名人执白第一百手封盘后,依然盯视着棋盘。

"先生,长期以来,承蒙关照,非常感谢。请多加保重……"

大竹七段谢过之后,名人也只是"噢"了一声,随即由夫人应答。

"正好一百手……今天是第几轮了?"七段问记录员,"第十轮?……东京两轮,箱根八轮?十轮百手?……平均一天十手吧。"

后来我到名人的房间,跟他暂时作别。名人则定定地凝视着庭院的上空。

名人本应从箱根的旅馆径直前往筑地的圣路加医院,但又有说法称,两三天里他是无法乘坐交通工具的。

❖ ❖ ❖ ❖

七月末,我的家人也来到轻井泽。为此棋赛,我在箱根和轻井泽之间往返,单程就要七个小时以上。对局前一天须离开山中小屋。暂停多在傍晚,所以归途我在箱根或东京歇宿一晚。前后须三天时间。每五天一对局,回来隔两天就得返回。每天要写观战记。那是一个令人生厌的多雨的夏天,我疲惫不堪，要是寄宿在对局的旅馆还能好点。可中途暂停后还是急匆匆想要回家，晚饭扒了两口就出发。

若和名人、七段同住在一家旅馆，反而很难写好他们的故事。同在箱根，我也总是从宫之下下到塔泽住宿。我要继续写他们的故事。下一个对弈日，还是跟这些人低头不见抬头见，真是烦人。围棋观战记乃报社约稿，旨在煽起读者人气，因而笔墨多少有点儿夸张。一般人哪里懂得高段棋艺，且一盘棋要在报上连载六七十天，因而以棋手的风貌和一举一动的写生为主。与其说我是在看棋，不如说是在观察下棋的人。另外，对局的棋手是主人，服务生和观战记者都是仆从。我对围棋似懂非懂，为要怀着无上尊重的心情写好观战记，唯有对棋手怀着敬爱之心。我所感兴趣的并不仅仅是棋赛的胜负，更是所谓的"棋艺、棋道"，为此才能忘我地凝视名人。

名人患疾，无奈中断了告别赛。那日返回轻井泽，我心情沉重。在上野站把行李放到火车的网架上，一个高个子外国人隔着五六排座席走过来说：

"那是围棋的棋盘吧？"

"是呀，你好清楚啊……"

"我也有的。非常好的发明啊。"

金属板棋盘有磁力，能吸住棋子，因而可在火车上对弈。一合上，就看不出是个什么物件。我携带着它东奔西走。

"下一盘吧？围棋很有意思，我喜欢。"

外国人说日语，旋即将棋盘摆在自己膝上。他腿长膝高，比放在我的膝上好下得多。

"十三级……"

外国人精于计算，说得准确无误。他是美国人。

开始的一局我让他六子。他说自己曾在日本棋院学棋，还与知名的日本人对弈过。架势像模像样，却没有全神贯注，下得太快。不论输几局，他都一副不在乎的样子，仿佛这样的游戏没必要在乎输赢。他按照学来的棋路，堂堂正正地布阵。开局还是不错的，但缺乏斗志。我稍加还击或攻其不备，他就一败涂地。一击即溃，全无耐性，就好像抄起一个软骨头的大男人扔将出去一样，我甚至产生了厌恶的情绪。岂不显得自己本性凶恶？棋艺高低且不论，缺乏斗志，扫兴。不论棋艺多差，遇上强劲的对手，日本人都不会窝窝囊囊地甘拜下风。他完全没有围棋的战斗意志。我产生了一种异样的心绪，这是一个彻头彻尾的异族。

从上野站到轻井泽，四个多小时的路程一直这样不死不活地对弈。我真服了这个异族，他不知道输了多少盘，但还是没完没了地纠缠着，简直像是一只乐观的不死鸟。那种天真且诚实的示弱，倒让我觉得自己心术不正。

西洋人下围棋，的确稀奇，所以四五个乘客围拢过来，站成一圈观看。我有点儿不自在，一败涂地的美国人却毫不介意。

对于这个美国人来说，跟我下棋或许就像用在语法阶段学习的外语来争吵一样。或许他骨子里就没把这种游戏当回事。总之，同他下棋跟与日本人下棋真的迥然不同。有时我会觉得，围棋或许原本不适合西洋人。在箱根时常成为话题的是，迪巴尔博士所在的德国有围棋爱好者五千人，在美国也有很多围棋爱好者。我以一个初学的美国人为例可能有点儿轻率，但论及西洋人缺乏围棋手的气质却是一个公论。日本的围棋已超出娱乐和比赛的观念，而成为艺道，其中贯穿着东方古来的神秘与高雅之风。本因坊秀哉名人的本因坊，也是京都寂光寺的塔头之谓。秀哉名人也已悟道，在初代本因坊算砂即高僧日海三百年忌辰时，他被授予了"日温"的法号。我在同美国人对局的过程中也发现，他的国度没有围棋的传统。

提起传统，围棋也是从中国传来的，但中国的围棋艺道如今已与日本不可相提并论。围棋的高深莫测是日本人创造的。当然围棋受到江户幕府的保护，乃近世以后的事情。围棋传入日本已有千年以上的历史，但在相当漫长的历史长河中，日本并没有培育出自己的围棋智慧。据说围棋在中国乃仙心游艺，三百六十又一路中包含着天地自然和人生的法理。然而时至今日，拓展出围棋深奥智慧之魅力的却是日本。

也许在其他国家，并没有像围棋、将棋这样充满智慧的游艺或竞赛。一盘棋的思考时限是八十小时，决出胜负须用时三个月。这在其他国家或许闻所未闻。围棋或许像能乐和茶道一样，也已根深蒂固地成为日本不可思议的传统。

在箱根，我曾听秀哉名人说到他的中国漫游，主要的话题就是何时何地与何人下了几目。我以为中国的围棋也相当强，便问道：

"那么中国的高手同日本的业余高手不相上下，对吧？"

"对的，差不多。也许还要弱一点，嗯，也就是日本业余棋手的水平吧。因为中国没有专业棋手……"

"就是说，日本、中国的业余棋手水平相当。也就是说，倘若中国像日本那样培养专业棋手，中国人也会具备围棋高手的素质对不？"

"确实如此。"

"前途不可限量对吧？"

"没错。但是短期之内未必……他们的确拥有不错的棋手，但是很多人用于赌博。"

"不过的确拥有围棋的素质……？"

"当然，吴清源那样的便是代表啊……"

本来，我近期想去采访吴清源六段的，但在仔细观察了这场告别赛以后，更想去看看吴清源六段的相关解说。我认为这也是对观战记的补遗。

这位天才生在中国，旅居日本乃某种天惠之象征。吴六段是一个天才。天才之所以能够发挥出来是因为来了日本。自古以来，一艺在身的邻国人在日本受到敬重的不在少数。如今最生动的例子便是吴六段。这般天才在中国有被埋没的可能性，在日本却得到了培养、爱护和厚遇。发现这位少年天才的，也是游历中国的日本棋手。少年在中国时已研读了日本的棋书。而我认为，中国的围棋历史远比日本悠久，通过天才的少年放射出一束光芒，而他身后强大的光源深埋于泥土之中。吴乃天生之才，但幼年时代倘无磨砺机会，天才就可能无法展露，终被埋没。即使在现今的日本，昙花一现的棋才也屡见不鲜。无论个人抑或民族，人的能力常有这样的命运。此外屡见不鲜的是，有的智慧留下灿烂的历史文化而现今式微，有的智慧从古到今隐而不显却有灿烂的将来。

❖ ❖ ❖ ❖

吴清源六段住在富士见的高原疗养所。每次在箱根对局，砂田记者都到富士见去取解说的口述笔记。我将这些笔记适当地插入观战记中。新闻社选定其为解说者，乃因大竹七段和吴六段实力、人气超凡，堪谓现役年轻棋士之双璧。

吴六段频繁对弈，影响了健康。他对中国和日本之间发生战争感到痛心。他写随笔，期盼早日迎来和平之日，让中日两国的雅客得以泛舟于风光明媚的太湖上。在高原的病榻，他读了《书经》《神仙通鉴》《吕祖全书》等典籍。昭和十一年（1936）加入日本国籍，取日本名字吴泉。

我从箱根回到轻井泽，已是学校的暑假时间。军训的学生列队进入了这个国际避暑胜地,听得见枪声。我有二十多位故交也离开文坛入伍,加入了陆海军进攻汉口(今属武汉市)的会战。我却没能入选。没有从军的我在观战记上写道:"据说在以往的战时,围棋就曾十分流行,时闻武士阵前对弈的逸话。日本武道与艺道之心融合之后,息息相通于所谓的'宗教性人格'。围棋则是最好的象征。"

八月十八日,砂田记者来轻井泽,相邀一起从小诸搭乘小海线列车。一位乘客说:"在八岳山麓高原,半夜有许多蜈蚣类虫豸爬上铁轨纳凉,车轮碾压时因油脂而打滑。"当晚宿于上诹访温泉的鹭之汤,翌日清晨去了富士见的疗养所。

吴清源的病房位于玄关上方的二楼,角落铺了两张榻榻米。小小的板状棋盘安放在组装的木架上,架上铺了一块小毡垫。吴六段一粒一粒地摆放小棋子,同时做解说。

昭和七年(1932),我和直木三十五在伊东的暖香园观看吴清源同名人对弈,名人让子两目。六年前,那时他身穿藏青底白碎花纹的窄袖和服,手指修长,脖颈白皙,仿佛有高贵少女的睿智和哀愁。如今又增添了年轻僧人般的品格,耳朵、头型皆是一副贵人相。过去从未有人给我如此鲜明的天才印象。

吴清源喋喋不休地解说并让人记录。他不时托腮沉思。雨水濡湿了窗外的栗树叶。我问他这是一盘怎样的棋。

"是啊,一盘细棋。非常微妙……"

这盘棋盘中暂停。况且是名人的对弈,其他棋手也不好随意猜测胜负。其实我希望听到的，乃是将棋局看作艺术作品的总体性批评，亦即从名人和大竹七段的下法乃至对棋风的鉴赏出发。

"棋艺精湛。"吴清源答道，"是啊。一句话，这棋赛对双方都至关重要，因此两人都非常精心稳健，没有看错、看漏一步棋。这种情况罕见。我认为是非常精彩的棋赛。"

"哦？"我对这般解说不满足，又问，"黑棋下得坚实，布局稳健，我们也看得出。白棋怎么样呢？"

"嗯，名人也很稳健。如果一方下得很稳健，另一方下得不稳健，往后就会乱了阵脚，甚至崩盘。时间还是充足的，况且又是这么重要的棋赛……"

这是不痛不痒的说法，看来不会有我希望听到的那种评论。他应我的提问判断是细棋形势，毋宁说已经是大胆的回答了。

然而，此时的名人几近病倒。这盘棋给我的感动也愈发高涨，我更想听到触及灵魂的解说。

文艺春秋社的斋藤龙太郎在附近的旅馆疗养，归途中我等顺路探望。斋藤说吴清源前些日子还住在邻室。

"夜阑人静时，常常听见噼里啪啦的落子声。真是不得了……"

斋藤还说他看见吴清源把探病的客人送到门口，言谈举止落落大方。

名人的告别赛结束后不久，我和吴六段应邀去南伊豆的下贺茂温泉，听他讲到一个围棋的梦。他说曾梦见一个绝着，醒来后还依稀有记忆。

他说："我下棋的时候，常常有似曾相识的感觉。心里就想，莫非是在梦中见过的……？"

据说在他的梦中，大竹七段作为对手出现的次数最多。

◆◆◆◆

名人住进圣路加医院之前，我曾听他说过这样的话：

"因我患疾，这盘棋或许会中途暂停。但我不希望第三者针对这盘未下完的棋说三道四，什么黑棋白棋孰优孰劣啦云云……"

这话符合当时名人的语气。若非对弈者本人，如何了解作战的趋势？

当时的名人，对局势似乎还抱有希望。棋赛之后，名人对东京日日新闻社的五井记者和我下意识地说出一句话：

"住院时没觉得白棋处于劣势。当然也曾有过一点儿异样的感觉，但是没有明确地意识到会输……"

住院前的一手是黑棋第九十九手"刺"中央的白棋，白棋第一百手是"粘"。名人在其后的讲评中也说，如果白棋第一百手不"粘"，而压制右边的黑棋防止其侵入白棋领地……

"那黑棋面临的局面恐也不容乐观……"

再者，白棋第四十八手已落子下边的星位布局。

"占天王山要地，应当说也是白棋滴水不漏的布局……"

名人早就看到这里"至关重要"，所以讲评道：

"黑棋第四十七手让白棋占了要地，拘谨过度，无法逃避手软手缓批评。"

然而，大竹七段在对弈感想中写道："如果黑棋第四十七手不坚决，势必会给白棋留下绝杀空间。"另据吴六段解说，黑棋第四十七手落子稳健，无可挑剔。

令一旁观战的我大为惊诧的是，黑棋第四十七手断然一出，瞬间占领了白棋下边的星位大场。与其说我从黑棋第四十七手感受到了大竹七段的棋风，莫如说感觉到了七段面对胜负的决心。他让白棋爬至三线，加固了第四十七手之前筑起的厚壁。看来大竹七段在此使出了浑身解数。七段稳扎稳打，力图绝对不输棋，也绝对不掉进对手的陷阱。

盘中第一百手一带呈细棋形势，或者说形势不明。轮到执黑落子，毋宁说体现出大竹七段稳健而充满胆识的布局。论厚实，黑棋略胜一筹，首先黑棋领地是稳固的，然后就可转入七段擅长的战法，一步步啃噬白棋领地。

大竹七段曾被誉为"本因坊丈和名人再世"。丈和是古今第一的棋风强劲者，秀哉名人也时常被比喻为丈和。大竹七段下法稳健，崇尚战斗，以实力克敌。他棋风豪放强烈，能下出富于危急和变化的精湛棋局，在业余棋手中也颇具人气。

业余棋手期待的是两人全力相拼，连连激战，整盘棋杀出可歌可泣的绚烂棋势。可是这般期望全然落空了。

大竹七段或早有提防，因为正面应对秀哉名人的长项是危险的。他极力避免大范围的搏杀或被卷入难解难分的纠葛，而竭力压缩名人的作战余地且将战局努力引向自己拿手的形势。虽允许白棋占领大场，却是为站稳脚跟。这种坚固的棋路不是消极的，而是拥有积极深厚的力量，且贯穿着强大的自信的。表面上坚忍自重，实则蕴蓄着充沛的力量，敏锐观察确定了目标后，便会伺机发动猛攻。

然而，无论大竹七段怎样防备，一局棋中名人总有机会发动强力进攻。白棋开局总是先下两角，这种十分有趣的下法拥有众多的关注者。黑棋于白棋目外进入第三十三手的左上角。六十五岁的名人在最后的棋赛中，下出了全新的一手。不出所料，不久那个角落即风云变幻，棋势变得异常复杂。毕竟也是名人眼里的重要棋赛，所以他避开了变化复杂的混战，选择了简明的下法。后至盘中，基本落入了黑棋的"窠臼"。在大竹七段"唱独角戏"期间，自然而然演变成细棋形势。

当然按照黑棋的打法，棋赛必定形成细棋局面。大竹七段想拼尽全力保全每一目黑棋，这亦可看作是白棋的成功。倒不是名人采用了特别的战术，也不是黑子的败棋让他有机可乘，而是他顺着黑棋稳健的打法，流水行云般在下边手到擒来地围出了大片的白棋领地。不知不觉形成了微妙的局面，或因名人的棋艺已届圆熟境地。名人的棋力未因年老而衰减,也没有受到病痛的损耗。

◆ ◆ ◆ ◆

本因坊秀哉名人从圣路加医院回到世田谷宇奈根的宅邸。

"七月八日离家,约莫八十天,夏去秋来,一直不在家啊……"

当天,名人在居所附近漫步了两三百米,这是近两个月走得最远的一次。在医院卧床,腿都软了。出院两周,好歹能够坐直了。

"五十年来,我习惯于正襟危坐,盘腿坐反而难受。在医院里一直躺在病床上。回到家里,到现在没法儿端坐。吃饭时,拿一块桌布搭在前面,盘腿坐下藏起脚。与其说是盘腿,不如说是将两条细腿伸出去。过去从未有过这种坐法。我没法长时间正坐,但在开赛之前必须尽可能正襟危坐,否则会有大麻烦。可对于现在的我来说,真的很不容易……"

到了名人期盼已久的赛马季节,心脏不好的名人却须谨慎从事。可是他已经按捺不住。

"顺带着活动一下腿脚,我去了府中。在那儿看赛马,快哉。我心中不禁涌出一股莫名的冲动——'可以下棋了'。可是回到家里又是精疲力竭。还是身体虚弱的缘故吧。尽管如此,但还是看了两次赛马。下棋想必也无大碍,今天决定十八日前后续弈。"

名人的这番谈话,是东京日日新闻社的黑崎记者记录的。谈话中提到的"今天"乃指十一月九日。名人的告别赛八月十四日在箱根暂停,正好三个月后又能继续了。临近冬天,所以对局地点选在了伊东暖香园。

名人夫妇在弟子村岛五段和日本棋院八幡干事的陪同下,于对局前三天的十一月十五日到达暖香园。大竹七段是十六日抵达的。

伊豆的蜜柑山景色优美,海边一片黄澄澄的夏蜜柑和甜橙。十五日是微寒的阴天,十六日小雨,广播电台说多地有雪。不过十七日是伊豆的小阳春天气,风和日丽。不爱散步的名人,破天荒地到音无神社和净池运动。

箱根棋赛前夜,名人把理发师叫到旅馆。他十七日还在伊东让人剃了胡须。像在箱根时一样,夫人照样在背后支住他的头。

"你们那里也能染发吗?"

名人一边跟理发师嘟囔道,一边静静地望着午后的庭院。

他是在东京染了黑发才来的。染发之后出战,不像是名人的做派。或许是在对局中病倒后,他也想转换一下心情。

名人一向蓄短发,这次却留长发梳成分头,还染黑了头发,让人感觉十分怪异。随着理发师的剃刀的移动,名人暗褐色的皮肤和高突的颧骨均裸露出来。

名人的脸色虽不像在箱根时那样苍白浮肿，却总是让人觉得不健康。

我一到暖香园，立刻就去名人的客房探望。

"噢，啊……"名人说话懵懵懂懂，"来此前一天，我曾去圣路加医院看大夫，稻田博士也歪着脑袋犯难。心脏病未愈，胸膜中反倒有了少许积水。来伊东后又去看了大夫，说是什么支气管炎……想必是感冒了。"

"哦？"我无言以对。

"三种病呢，就是说旧病未愈，又添了两种新病。"

日本棋院和新闻社的人也都在场。

"先生，您的健康情况请别告诉大竹……"

"为什么呢？"名人表情诧异。

"怕大竹多嘴多舌，把事情弄复杂了……"

"本来就是这个样子嘛……隐瞒了不好。"

"您最好还是别跟大竹先生说。要不又像在箱根那样，嫌您是病人呢。"

名人不语。过去任谁问起健康状况，名人都是如实相告。

这段时间，名人断然戒掉了晚酌和香烟。那都是他的嗜好。他在箱根都很少走路，在伊东却尽量做些户外运动，饭量也见长。或许将白毛染成了黑发也是一种决心的表现。

我问他下完这盘棋后，是按往年惯例到热海或伊东避寒，还是再住院。名人突然敞开心扉似的说：

"噢，其实能不能活到那时都是个问题……"

他到今天还能摸爬着弈战，或许是因为他自己"心里不放事"。

◆◆◆

前天晚上，暖香园对局室换了新的榻榻米。十一月十八日早晨我一踏入房间，就嗅出一股新榻榻米的气味儿。小杉四段从奈良屋搬来在箱根时用过的有名的棋盘。名人和大竹七段落座后，打开棋盒的盖子，黑棋上竟布满了夏日的霉点。他们让旅馆掌柜的和女佣帮忙，当场清除了霉点。

名人执白第一百手启封，已是上午十点半。

黑棋第九十九手是楔入白棋中央的"刺"，白棋则审时度势下出了第一百手"粘"。在箱根的最后一天，名人只下了这一手。终盘后，名人说：

"白棋的第一百手'粘'下在病重住院的前夕——封盘前的一手，遗憾的是有点儿考虑不周。这里应该先'脱'，在'十八·十二'位'应'，以此巩固右下角的白空。黑棋既然落子'刺'了，势必会断。被断，也不会十分难受。倘白棋第一百手固守地域，黑棋的形势也未必乐观。"

但白棋第一百手并非败笔，也不能说这一手破坏了局势。

大竹七段早就看出名人会接这一手，旁观者也认为那是名人当然的选择。

虽说白棋第一百手封盘，但大竹七段想必三个月前就明白了。后续执黑第一百零一手，他唯有一个选择，即打入右下角白棋的空地。而且在我们这些外行的眼中，那也是二路跳进唯一的选择。可是直至十二点午休，大竹七段也没有下出这一手。

午休时间，名人难得走出庭院。梅枝和松叶闪耀在阳光下，八角金盘和大吴风草也竞相绽放。大竹七段屋下的山茶花丛中，提前绽开一朵带斑点的花。名人驻足，凝视着那朵山茶花。

下午，对局室的纸拉窗上映出松影。飞来的绣眼鸟鸣啭。大鲤鱼在檐廊前的泉水池里游弋。在箱根奈良屋见到的是锦鲤，这家旅馆里的是黑鲤。

七段迟迟不下黑棋第一百零一手。名人想必也等得累了，仿佛睡着了似的，静静地闭目养神。

"这里真是进退维谷啊。"

观战的安永四段嘟哝了一句，盘膝而坐，然后闭上了眼睛。

究竟难在哪里呢？我感觉奇怪，七段迟迟不应"十八·十三"位一间跳，莫非是为了消磨时间？服务生们也焦虑不已。七段在讲述对局者的感想时提到，当时他犹豫不决的是，应在"十八·十三"位"跳"呢，还是在"十八·十二"位"爬"呢。名人在某次讲评时也说：

"得失难解。"

续弈的最初一手，大竹七段用时三个半小时。总之，给人一种异样的感觉。下完这一手，秋阳西斜，已是开灯时分。

名人仅用五分钟，将白棋第一百零二手向黑一间冲跳。七段执黑第一百零五手又思考四十二分钟。在伊东第一天的比赛只下了五手，黑棋第一百零五手封盘。

这天两人所用的时间为：名人仅用时十分钟，大竹七段则用时四小时十五分钟。从第一手起，黑棋累计用时二十一小时两分钟，超过了规定时限四十小时的一半以上。

列席的小野田六段和岩本六段要出席日本棋院的升段大赛，这日未露面。我在箱根曾听岩本六段提及：

"近日大竹的棋晦暗啊。"

"围棋也有晦暗、明朗之分吗？"

"当然啰，棋风不同啊。哎，围棋本就不是个明朗玩意儿，感觉晦暗。这个晦暗、明朗自然与胜负无关。并不是说大竹先生变弱了……"

在日本棋院的春季升段赛上，大竹七段八盘全败。可在新闻社选拔名人告别赛挑战者的争夺赛中，他却大获全胜。他的成绩很不稳定，令人惊异。

黑棋针对名人的战法也缺乏明朗之感，相反是一种压抑的力量，仿佛是从地底升腾的歇斯底里嘶喊之力量凝迸发后自由的流露。黑棋的战法一开始是滞重的，后则一点点啃噬。

都说棋手的性格大致分两类：一类总觉得自己能力不足，

另一类是永远胸有成竹。大竹七段属于前者，吴清源六段则属于后者。

能力不足型的七段，自己也说这盘棋变成了极端的细棋，因而如果没有看准，没有万无一失的把握，他就不会轻易落下一子。

◆ ◆ ◆ ◆

在伊东的第一天过后，果然纠纷出现，闹得下次续弈的日子都无法确定。

跟在箱根时一样，名人患疾，要求更改对局条件，大竹七段却无法接受。七段比在箱根那次还要固执，或因在箱根吃了苦头。

这些内幕不能写在观战记里。我已记不清楚，争论的焦点像是对局的日期。

起初约定相隔四天，在第五天续弈。在箱根就是这样。间歇四天，为让棋手休息。可幽闭在旅馆，反而增加了老名人的疲劳。名人的病情愈发严重，他曾提出缩短四天的休息时间。大竹七段却一口拒绝。在箱根的最后一局提前了一天，即在第四天续弈，而这天名人只下出一手。虽然规定的对弈日得到了遵守，但最终打破了上午十点至下午四点对局的时间约定。

名人的心脏疾病乃痼疾,不知何时能根治,所以圣路加医院的稻田博士勉为其难同意了名人的伊东之行,并希望他尽量在一个月内下完这盘棋。在伊东第一天,面对棋盘名人的眼睑就有点儿浮肿。

担心发病,名人才希望早点儿解脱。新闻社也希望这在读者中颇具人气的棋赛能够善终。拖长时日令人担忧,唯有缩短对局间歇的时间。大竹七段却固执己见。

"作为大竹兄的老友,我去求求看。"村岛五段说。

村岛和大竹皆以关西少年棋手的身份来到东京,村岛入本因坊门下,大竹则成了铃木七段的门徒。两人早有交情,又是棋士同行。村岛五段似乎很乐观,心想只要说明缘由拜托,大竹七段总会理解的。不料村岛照实说了名人身体欠佳的情况,结果适得其反,大竹七段的态度更趋强硬,质问工作人员说:

"你们隐瞒名人的病情,让我同病人对弈,是这样吗?"

名人的弟子村岛五段对局期间一直住在旅馆,常与名人会晤。大竹七段对此像早就不满,认为这有损棋赛的神圣性。前田六段是名人的弟子、七段的妹夫,他来箱根就不会去名人的房间,而是住在别处的旅馆。严肃的对局条件不能跟友情、亲情纠缠在一起,否则将会使比赛变质。这也是让七段恼火的原因。

而让七段尤为不满的是,又让自己跟年老的病人弈战。

对手又是名人，更让七段感觉十分困窘。

事情变得愈发复杂，大竹七段声称拒绝续弈。同在箱根时一样，夫人又带着孩子从平塚赶来劝说七段，还请来了一位名叫东乡的手掌疗法医师。大竹七段曾在同僚间推荐东乡的治疗，因而东乡在棋手间已是名人。七段信赖东乡的疗法，生活方面也遵从他的意见。东乡有点儿像个修行者。每天早晨念诵《法华经》的大竹七段，对人深信不疑，到了无以复加的地步。他也是个笃守恩义之人。

"东乡的话，大竹先生一定会听的。东乡好像劝他继续下呢……"服务生们说。

大竹七段说机会难得，让我也请东乡诊察一下。大竹七段亲切热心。我一到大竹的房间，东乡就用手掌在我身上触诊，旋即对我说：

"没病。身子瘦弱，却是长寿的命。"

过了片刻，他又用手掌摸了摸我的胸口。我自己试着摸了一下，只觉得右胸部的棉袍温乎起来，不可思议。东乡只是手掌贴近，并没有触及我，左右都是同样的动作，结果右胸温乎，左胸却是凉的。据东乡说，温热是治疗的结果，源于右胸排出的像毒素一样的物质。我的肺和胸膜不曾有过自觉的症状，X光拍片也没有发现异常，只是右胸时有憋闷的感觉，或许患过轻微的肺疾。留有病根的右胸感应到了东乡手掌疗法的功力。可是，温热如何透过棉袍的呢？这使我震惊不已。

东乡对我也说，此番棋赛，实乃大竹七段的重大使命，若言放弃，势必终生伴随世人的非议。

名人唯有等待服务生们与七段谈判的结果，此外别无他事可做。因为没人将细节告知名人，所以他不知道竟如此麻烦——对手竟扬言要弃赛。可是徒然地打发时日，也着实令他焦虑。名人便去了川奈旅馆散心。我也被邀同往。翌日，我邀来了大竹七段。

七段扬言要弃赛，却没有打道回府，依然住在对局室所在的旅馆。我想，经过劝说他会让步的。果然不出所料，二十三日达成了协议，对局每三天一次，当天下午四点暂停。在十八日暂停后的第五天，问题终于解决了。

在箱根每五天对局一次改为每四天，那时七段如是说：

"休息三天，我无法消除疲劳。一天下两个半小时，我也提起不精神啊。"

而此番的休息时间缩短为两天。

❖❖❖❖

可是，好不容易达成的妥协再度撞上了暗礁。

名人听说事情已然谈妥，便对服务生们说：

"明天就开始吧……"

大竹七段却说：

"明天休息一天，后天再续弈。"

名人等得心焦气躁，一听说达成了协议，顿时精神焕发，恨不得立即对阵。他的单纯反应却引起了七段复杂的戒心。连续几日的纠葛，令他头昏脑涨、疲惫不堪。他想屏气凝神，做好新的续弈准备。两人的性格不同。再说七段近期过度劳心，几天来肠胃不适。加之带来旅馆的孩子又感冒发高烧，令爱子心切的七段十分担心。翌日多半是不能对局的。

服务生们不会办事，竟让名人空等至此，可又不好对名人直言——难得让他高兴一场，却因大竹七段的关系要延期一天。名人说的"从明天开始"，是没有商量的余地的。名人和七段的地位不同，所以只能说服七段。七段勃然大怒，正在气头上的他更是不会答应的。七段声称要弃赛。

日本棋院的八幡干事和东京日日新闻社的五井记者，沉默不语地闷坐在二楼的小房间里，身心俱疲，一副束手无策想要放弃的样子。两人平素寡言少语，不擅言谈。晚饭后，我也同处一室。旅馆女佣找我说：

"大竹先生说有事要跟浦上先生说，他在另一间房子里等着您。"

"等我？……"

我十分意外，那两人也盯着我看。我在女佣的引领下，来到了一处宽敞的房间，大竹七段独自坐在那里。虽有火盆，但屋里还是感觉寒冷。

"抱歉劳您大驾。长期承蒙先生诸多关照，可是，我想好了，无论如何也要弃赛。这种情形，实在无法奉陪下去。"七段断然地说。

"哦？……"

"因此我想见您，向您说明……"

我只是个观战记者，没必要特地跟我说明，可他却郑重其事地把我找来。这是友好的表示。我的立场发生了变化，便不能只是不痛不痒地应付一声了事。

在箱根以来的纠葛中，我一直都是旁观者。事不关己，不便置喙。眼下七段也不是同我商量，而是告知。两人面对面坐着，我倾听着七段诉说苦衷，这才第一次动了心思。倘若能出面调停，我倒可以说出自己的意见。

我的意见大致如下：作为秀哉名人告别赛的对手，大竹七段凭一己之力战斗至今。然而这并非大竹个人的战斗，而是作为新时代的选手、承继历史潮流的代表对战名人。在大竹七段胜选之前，曾举办了历时约一年的"名人告别赛挑战者选拔赛"。首先在六段级，久保松、前田获胜。然后加入铃木、濑越、加藤、大竹的七段级，于是进行六人循环赛。大竹七段战胜了五人，大获全胜。铃木和久保松两位恩师也都败在了大竹手下。铃木七段年富力强，本想让其先取胜，再在互先的情况下追击，却阴差阳错地失去了那样的机会。据说，这给铃木留下了终生的遗憾。按理说，大竹应尽弟子之情，让两位恩师再获一次与名人博弈的机会。大竹七段竟击败了铃木七段。争夺最后胜负的是连获四胜的棋手久保松和大竹师徒。如此便包含了别一层意思，即大竹七段是代表两位师傅向名人挑战的。比起铃木、久保松那样的元老，年轻的七段的确是新一代现役棋手的代表。大竹七段的旧友、棋敌吴清源六段，亦可谓为并列的代表。可他五年前同名人对局时采用新布局，铩羽而归。对名人来说，吴清源即使获得了挑战权，也并非实力真正相当的对手。那样的话，名人告别赛也会黯然失色。因为吴清源当时还是五段。此前名人的棋赛可上溯至十二三年前，对手是雁金七段。那是日本棋院同棋正社的对抗赛，雁金七段虽是名人的宿敌，但早已是手下败将。名人自然一胜再胜。那么"常胜名人"最后的棋赛，自然就是这次的告别赛了。这次对弈同名人与雁金七段和吴清源六段进行的棋赛意义不同。即便大竹七段战胜了名人，也不会立刻给下一任名人造成困扰。告别赛是时代的转换或交接，后继者会给棋界带来新鲜活力。告别赛的中断无异于是对历史进程的阻碍。大竹七段责任重大，怎能凭一己的感情用事放弃比赛呢？大竹七段要活到名人现在的年龄，还有三十五年。也就是说，比七段如今的年龄还要多五年。七段是在围棋隆盛时期的日本棋院成长起来的。相比之下，名人受过的苦不可同日而语。从明治的草创期经勃兴期，再到近年的隆盛期，名人说到底是棋界肩负重任的头号人物。成全其六十五年生涯的告别赛，难道不是后继者的义务吗？在箱根虽作为病人有些任性，但老人毕竟忍受着病痛坚持到了最后。病体尚未痊愈,却希望在伊东完成棋赛,还染黑了头发,他这是要冒死一搏啊。而年轻的对手却要弃赛,社会的同情将会集名人于一身,大竹七段反而会成为众矢之的。尽管七段也有正当的理由,但世人却不在乎真相。最后,必定是争论不休或相互攻讦。这是历史意义重大的告别赛,大竹七段因放弃比赛也将被载入围棋的史册。更重要的是,七段肩负着下一个时代的责任。若此时此刻放弃了,告别赛就会出现对终局胜败的揣摩臆测,就会成为喧嚣丑恶的街谈巷议。年轻的后辈搅黄了患病老名人的告别赛,这样何益之有?

我断断续续说了许多,七段还是无动于衷,不肯做出肯定的回答。七段当然有其正当的理由。他一再忍让,心中郁积了不服,若再让步,对方不顾自己的这个那个了,明日就得开战。这样做,自己实在感觉别扭,还是弃赛更符合自己的良心。

"那么,延期一天,后天开始好吗?"我说。

"噢,怎么办呢?已经不行了啊。"

"大竹先生后天可以的,对吧?"

我又叮问了一句。没说要同名人商量,我便向大竹告辞了。七段一再跟我表示只有放弃比赛……

我回到了服务生的房间,五井记者枕肘横卧。

"大竹说他不下了吧?"

"嗯,他说先要告诉我……"

八幡干事蜷起肥厚的脊背,倚在桌子上。

"可是,我觉得延后一天或许有戏。我去找名人说说看吧。"我说,"我可以同名人谈谈吗?"

我到了名人的房间,落座后就说:

"其实,我是来求先生……本来我没有资格提这种要求,多管闲事。能不能把明天的对局改到后天呢?大竹先生说,希望能延后一天。他带来旅馆的小儿子病了,发高烧,大竹先生很担心。听说大竹先生自己也肠胃不适……"

名人呆呆地听我说完,爽快地说:

"行啊。"

"那就这么办。"

我顿时热泪盈眶,真是出乎意料。

问题就这样简单地解决了。我不好马上离开,便与名人的夫人闲聊片刻。不论是延期还是关于对手大竹七段,名人都不再提及。延后一天倒不算什么,但名人早已迫不及待,眼看着明日就要对局。这样的变化会挫伤心情,对弈战中的棋手来说并非不痛不痒。这些话服务生们也不敢告诉名人,我来求他实属万不得已。名人肯定敏锐地洞察到了这一点,但他竟若无其事地应允了。这深深地感动了我。

我先到服务生的房间报信,又来到大竹七段的房间。

"名人同意延后一天,后天也行的……"

七段似乎感到很意外。

"这样,等于名人给大竹先生让步了。下次遇上什么事儿,大竹先生也让让他吧。"我说。

夫人在床边照料患病的孩子。她向我郑重地道谢。房间里凌乱不堪。

◆◆◆◆

在约定的后天即十一月二十五日，对局继续。自十八日以来已时隔七日。列席的小野田六段和岩本六段在棋院升段赛中轮空，所以头天晚上也赶了过来。

名人绯红的缎面坐垫配着紫色的扶手，酷似僧侣的座席。本因坊家自棋家初代名人日海即算砂以来，皆入了僧籍。

"现在的名人也是出家人，僧名日温，还穿袈裟呢。"八幡干事说。

对局室里挂着一块半峰①的匾额，写有"生涯一片山水"字样。我看着右下方的题字，想起报纸上有关高田早苗博士病危的报道。另一块匾额是中洲②博士的"伊东十二胜记"。另一个八叠大的房间里，挂着云水僧的流浪诗卷轴。

---

①半峰：高田早苗（1860—1938），号半峰，日本明治至昭和时代的政治家、教育家、文学评论家。
②中洲：三岛毅（1831—1919），字远叔，号中洲，日本近代汉学家、阳明学者。1877年在东京创立"二松学舍"（今二松学舍大学）。历任东京师范大学、东京大学教授，一生奉孔学，最好阳明学。

名人旁边是一个椭圆形的梧桐木大火盆。为防止受风寒，身后还放了个冒着热气的长方形火盆。七段说了声"请自便"。名人顺势缠上了围巾，裹上外褂似的里面是毛线织品的御寒服。听说他有点儿发低烧。

黑棋第一百零五手启封，白棋第一百零六手用时两分钟。接着大竹七段又长时间思考，且梦呓般地絮叨说：

"真是奇怪啊。又超了时间？这样的豪杰竟然要用完四十小时，实在令人大跌眼镜，开天辟地第一次。岂不是白白地浪费时间？本来这一手，一分钟就能解决战斗……"

阴天，白头鸟鸣啭不停。我来到檐廊，泉畔开了两朵杜鹃花，还有含苞欲放的蓓蕾。黄鹡鸰飞近檐廊。远处传来水泵抽取温泉水的马达声。

七段执黑第一百零七手用时一小时三分钟。而黑棋第一百零一手已经攻入右下方的白棋领地，此即先手十四五目。黑棋第一百零七手便在左下角扩大地盘，这一手是后手二十目左右。两手大获实利的都是黑棋。有目共睹，还是黑棋先下占便宜。

然而随后轮到白棋先手。名人表情严肃，瞑目屏息，脸色竟由红润变成了紫铜色，脸颊上的肌肉微微抽动，仿佛连风声和法华大鼓的声响都听不见。名人这一手用了四十七分钟。这是名人在伊东破天荒的一次长时间思考。然而下一轮执黑第一百零九手至最后封盘，大竹七段又用时两小时四十三分钟。这一天只下出四手。七段用时三小时四十六分钟，名人仅用时四十九分钟。

"这种生死存亡在此一举的地方，屡见不鲜啊。简直是杀人啊！"午休时分，七段半开玩笑地说。

白棋第一百零八手具有威胁左上角的黑棋且削减中部黑棋厚势的两层含义，同时兼顾守卫左边的白棋。吴清源也做出如下解说：

"这是白棋第一百零八手，非常难得的一手。我们抱着极大的兴趣，就想看他会把这枚棋子落在什么地方……"

◆ ◆ ◆ ◆

中间休息了两天。第三天对局的早晨，名人和七段都说肚子痛。据说大竹七段五点就疼醒了。

黑棋第一百零九手封盘后，七段脱下裙裤离席。返回座席看见白棋第一百一十手，吃惊地问道：

"下好了吗？"

"你离席就下了，不好意思……"名人说。

七段交抱双臂听着外面的风声。

"瑟瑟寒风噢。可称作'寒风'了吧？都十一月二十八日了……"

昨夜的西风清晨虽平息下来，但不时又呼啸着掠过长空。

七段盯住白棋第一百一十手和左上角的黑棋，以黑棋第一百零九手和第一百一十一手守角，于是全盘皆活。这个角上黑棋的阵形若被白棋攻入，或死或劫，如同棋谱难题一般，难就难在有多种多样的变化。

"这个角上，补不补呢？长期的欠债，利息不得了。"

黑棋第一百零九手启封时，大竹七段这么说。这角上的谜团一被黑棋消除，局势便平稳下来。

今天非同寻常，上午十一点之前就下出五手。黑棋第一百一十五手终于要赌出胜负。黑棋将侵削白棋大片领地。生死关头，七段不会轻易落子。

名人一边等待着黑棋落子，一边扯出了热海鳗鱼屋的重箱和泽庄等话题。还讲了一些往事，诸如火车只到横滨，然后转乘轿子，在小田原夜宿一晚，最后才到了热海。

"我当年约莫十三岁，五十年前……"

"真是老皇历了。那时候，家父都不知道出生没有……"

大竹七段笑了。七段思考的时候说肚子痛，两三次离席。他不在时，名人问：

"真有耐性啊。已经一个多小时了吧？"

"快一个半小时了。"记录的少女答道。

正午的汽笛恰好开始嘶鸣，少女用她拿手的计时法估算着汽笛长鸣的时间。

"正好一分钟，发尾音时是第五十五秒。"

七段回到座位，在额头上抹了点儿冬青油，使劲儿搓了搓手指。他身旁放着微笑牌眼药。看他那副样子，以为十二点半午休前不会落子。不料十二点八分，他却"啪"地落下一子。

倚在扶手上的名人，不禁"唔"了一声。他端正坐姿，收紧下颚，提起上眼皮，死死地盯着棋盘。名人的眼皮厚，睫毛至眼球间有道深痕。他的双眸澄澈生辉。

黑棋第一百一十五手落子稳健，白棋唯有坚守盘中。已届午休时间。

下午，大竹七段在棋盘前小坐片刻后回到房间，往咽部喷了点儿药。那药散发出一股味儿。他还滴了眼药，揣上两个怀炉。

白棋第一百一十六手用时二十二分钟。直至白棋第一百二十手都落子迅捷。名人的白棋第一百二十手应对稳健而松弛，在处于劣势的三角地带严密防控。这是决定胜负的关键，略有松懈就会损失一目以上。棋局微妙，不容疏忽。或许，这将是微妙定乾坤的一手，名人竟然仅仅用时一分钟。对手为之胆战心惊。何况执白第一百二十手落子之前，名人已经开始用眼睛估算。他的脑袋微微发颤，快速地在棋盘上数目。名人的估算令人生畏。

人们议论，胜负约在一目上下。若是白棋力争两目，黑棋亦须示强。大竹七段坐立不安，充满稚气的圆脸上开始暴起了青筋。他"呼啦呼啦"地拼命扇着扇子。

连怕冷的名人也打开折扇，神经质地扇着。我不忍心再看他俩。一会儿，名人似乎如释重负，显得轻松起来。轮到七段落子,他脱下了外褂。

"不好意思,思考的时间太长,我都热了……"

受其影响,名人也用双手将衣领翻到后面,伸长了脖颈。他动作很滑稽。

"热,真热!那么长时间,真要命。看来凶多吉少,要出败着……"

大竹七段竭力控制焦躁情绪。黑棋第一百二十一手用时一小时四十四分钟,终于在下午三点四十三分封盘。

在伊东续弈以来三天的对局里,从黑棋第一百零一手下到第一百二十一手,双方共下出二十一手。至于双方的用时,黑棋为十一小时四十八分钟,白棋仅用一小时三十七分钟。若是平常的棋赛,大竹七段仅仅下出十一手就超时了。

白棋和黑棋在用时上的悬殊,只能令人认为名人和七段在心理和生理上都有很大的差异。其实,费时推敲原本也是名人的棋风。

❖ ❖ ❖ ❖

每晚都刮西风。但对局的十二月一日早晨,却是阳气升腾的好天气。

昨天白天,名人下将棋后又到镇上打台球,晚上同岩本六段、村岛五段、八幡干事打麻将至十一点。今天早晨不到八点起床,然后到庭院里散步。庭院里落下一只红蜻蜓。

大竹七段的房间在二楼。楼下的枫树叶半绿。七段七点半起床,说肚子剧痛,或将罹病。桌上放着十来种药。

老名人的感冒好歹痊愈。年轻的七段又出现了这样那样的毛病。七段比起名人更加神经质,从两人的体格外表却看不出来。名人一离开对局室,就想尽力地忘却棋局而沉溺于其他比赛。在自己的房间里,他绝不触摸棋子。而七段即使在休息日也惦记着棋盘,毫不松懈地研究着暂停后的棋局。他们不光年龄,而且气质也相异。

"神鹰号飞机到了吧?昨晚十点半……真快啊。"

十二月一日的早晨,名人来到服务生的房间说道。

光灿灿的朝阳映照在朝东南的对局室的拉窗上。

可是,续弈之前发生了一桩奇怪的事情。

八幡干事让对局者看过封印,然后拆开信封取出棋谱,并伏在棋盘上摆子,同时在棋谱上寻找封盘的黑棋第一百二十一手,却没有找到。

封盘棋手须亲自记录在棋谱上,然后放入信封,其间对手和服务生是不能看的。上次中途暂停,大竹七段是在檐廊上记录的。对弈者在信封上加封,然后放入一个大信封,再由八幡干事加封。到下次续弈的早晨,大信封一直保存在旅馆的保险柜里,所以名人和八幡都无从知晓大竹七段的封盘棋路。但旁观者猜来猜去,大致上可以推测出来。黑棋第一百二十一手封盘，究竟下在了何处呢？它是这局棋的高潮，我们这些观战者都屏息敛声地关注着。

这封盘的一手怎会找不到？八幡慌里慌张地窥着棋谱寻找，一时竟没找到。好不容易找到了，他发出"啊"的一声后布下黑棋。

而我离棋盘稍远，不知道落在了什么地方。就算知道他落子何处，也不晓得其用意何在。原来那一手竟莫名其妙地远离酣战的中原，落在了棋盘的上边。

连外行也能察觉到，这一手简直就是打劫。我顿时心中阴云密布。这是大竹七段为封盘下出的封盘手，还是将封盘手作为战术运用？我怀疑这是卑怯与丑陋的表现。

"我以为会下在中部呢……"

八幡干事苦笑着离开了棋盘。

黑棋面临着一场攻防鏖战，要削减从右下方延伸至中央的大片的白棋领地。鏖战正酣，显然无法顾及其他。八幡干事一直在从中央往右下的战场上搜索，这也是理所当然的。

针对黑棋的第一百二十一手，名人以白棋第一百二十二手做眼盘活了上边的白棋。若有疏忽，一团八目的白棋就有可能被吃掉。那就等同于没有应劫。

七段把手伸进棋盒，抓起棋子，又思考了很长时间。名人紧握双拳，放在膝上，歪着头屏住气息。

黑棋第一百二十三手用时三分钟，果然回手削减白棋领地，首先侵入右下，又以第一百二十七手再度指向中央。黑棋第一百二十九手遂攻入白棋领地腹中，首先打掉了名人以白棋第一百二十手扩大成三角形的头部。

"受到白棋第一百二十手的强烈压制，黑棋或许也下定了决心，使出手段强下第一百二十三手至第一百二十九手。黑棋的这种打法，在细棋里经常出现。此乃决一雌雄的气势。"

吴六段这样解说。

名人对黑棋的拼死一搏却不予理会，反而腾出手来逆袭右边，以压制住黑棋的出击。这一手出乎意料，令我吃了一惊。我像被名人的阴森之气击中一样，全身紧缩起来。莫非在大竹七段堪谓绝杀的第一百二十九手中，名人也窥见了什么漏洞，从而杀了一个回马枪？抑或奋勇拼杀，不惜自伤以灭敌？与其说白棋第一百三十手靠的是一决胜负的气势，莫如说那是名人愤怒的一手。

"棋局惨烈。真不得了啊！这……"

大竹七段絮絮叨叨地反复说。他在思考黑棋的下一手即第一百三十一手时，已到午饭时间。列席的岩本六段也感叹说：

"恐怖杀手。这步棋够绝。确实是惊天动地啊！眼看着就要收官，不料竟被杀了回马枪……"

"战争中，这是常有的事吧……"

即实战之中，风云变幻，突发事件常常决定命运。白棋第一百三十手即是这般情况。外行自不消说，就连对弈者的苦心孤诣和专业棋手的所有盘算，都会因这一手而顿时落空。

我这个门外汉自然无法理解：白棋第一百三十手正是导致"常胜名人"败走麦城的一着。

❖ ❖ ❖ ❖

然而，这是非同寻常的局面。午休时间，不知是我恍恍惚惚跟着名人走，还是名人不知不觉带着我们走，回到名人的房间刚要落座，名人就对我们说：

"这盘棋就算结束了。大竹封盘的那一手搞坏了这盘棋，就像在精心描绘的图画上涂抹了黑墨……"

名人声音不大，却十分激动。

"看到那一手，我想着索性放弃。就是说，到此为止……我觉得放弃更好，却下不了那个决心，便又改了主意。"

记不清八幡干事还是五井记者在场，或是两人都在场，反正我们都一言不发。

"下了那一手，在两天的休息时间里，他还要研究啊！真是滑头。"

名人吐出这样一句，我们没应答。我们不便附和名人，也不能为七段辩护。不过，我们跟名人抱有相同的感受。

我却没有觉察到名人竟要放弃，还有他的激动、愤怒和沮丧。面对棋盘的名人并没有将那般情绪流露在脸色和举止上，所以没人觉察到名人的内心竟发生了那么大的动摇。

八幡干事在棋谱上找不着黑棋第一百二十一手封盘的落子，后来好歹找到了。我们的注意力在这里，因此没人留意此间名人的表情变化。然而不到一分钟，名人便下出白棋第一百二十二手。难怪我们没有觉察到名人的内心悸动。这一手不是下在八幡找到封盘的落子后的一分钟里，而是到开始计时还有少许时间。名人在短暂的时间里按捺住自己的情绪波动，保持住了对弈的态度。

我现在意外地从若无其事般继续对弈的名人那里听到了他内心的愤怒，所以心中更加不安。从六月份开始到十二月份的今天，名人坚持下完了这场告别棋赛，令我十分感慨。

名人一直把这盘棋当作艺术作品。如果把它看作一幅绘画，那么就像在画家情绪高涨、灵感涌现之时，突然被涂抹了一块黑墨。围棋也一样是黑白叠加，包含着创造意图和构思，像音乐一样体现着心绪的流动和旋律。音乐中跳出一个古怪的音符，或二重奏中突然出现一个变调，无异于破坏了整场演奏。围棋有时也会因对方错看或漏看而毁掉名局。总之大家都对大竹七段的黑棋第一百二十一手感到意外、震惊、怪异、疑惑。所以它破坏了这盘棋的节奏和旋律是无可争议的。

果然，封盘的这一手在棋坛和世间颇受批评。即便在我等外行眼中，黑棋第一百二十一手令人也感到异常和不自然，而且的确让人心里不舒服。但在专业棋手中，后来则有人认为在此下出黑棋第一百二十一手是适时有效的。

大竹七段在谈及对局者的感想时说道：

"其实早晚要下的，黑棋第一百二十一手早在我的考虑之中。"

据吴六段解说，若白棋下出"五·一""六·一"的一"跳"一"粘"之后，黑棋下出第一百二十一手，白棋则可以不跟第一百二十二手，而以"八·一"位求活，黑棋便难以打劫。

吴六段简单触及了黑棋第一百二十一手的意义。无疑，大竹七段也是在此意义上下出这一手的。

中原酣战，又是封盘的一手，惹怒了名人且令众人生疑。就是说，中途暂停的这一手即当天的最后一手，倘若黑棋第一百二十一手是在举步维艰时采取的权宜之计，那么在三天后的续弈之前，就有充分的时间研究这最后的一手。在日本棋院的升段赛中，也有棋手在最后一分钟迫近开始读秒的阶段，迫不得已下出类似打劫的一手，以延长一分钟寿命。也有棋手钻研中途暂停或封盘的一手于己有利的战术。新的规则产生新的战术。伊东续弈后，一连四次轮黑棋封盘，也许不尽是偶然。名人也说：

"若放在松弛的状态下，第一百二十手是有漏洞的。"

可见名人是在紧张的状态下下出的。接着就是黑棋第一百二十一手。

总之，大竹七段的黑棋第一百二十一手让那天早晨的名人愤怒、沮丧和动摇。这是事实。

下完这盘棋，名人讲评的时候没有提及黑棋第一百二十一手。

而一年后，他在《名人围棋全集》一书中的《棋谱选集》的讲评里明确地写道："黑棋第一百二十一手抓住了有利的时机。"又说："要注意，如果犹豫，黑棋第一百二十一手就有可能无法发挥效用。"

既然对弈的名人承认，想必也就没有问题。名人之所以愤怒，是因为当时出乎他的意料。他怀疑大竹七段的用心，也是气急败坏时的误解。

名人或许自愧于昏聩，才在这里特别提及黑棋第一百二十一手。但是，《棋谱选集》的出版是在告别赛结束一年之后，而且是在他去世之前半年里。莫非那时他想起了大竹七段执黑第一百二十一手引发物议之事，才自觉应心平气和地认可这一手？

大竹七段所谓的"早晚"，莫非就是名人所谓的"现在"？我这个外行还是不甚了了。

❖ ❖ ❖ ❖

名人为什么会下出第一百三十手的败着呢？这也是一个谜。

名人的这一手思考了二十七分钟，上午十一点三十四分落子。思考近半个小时，失误乃属偶然，可他为何不拖延一个小时至午休以后再战?我事后颇觉惋惜。离开赛场休息一个小时,想必会有正确的选择。莫非是一时间鬼迷心窍?白棋距规定时限尚余二十三小时,一两个小时不是问题。名人未将午休当作战术使用,黑棋第一百三十一手却利用了午休。

白棋第一百三十手像是回马枪。大竹七段说:"被捆住了手脚。"吴六段也说:

"这里是微妙的地方,就是说,黑棋第一百二十九手'断',白棋则有了第一百三十手'抢断'的意味……"

白棋严阵以待黑棋的"断"。双方呈紧张的对峙局面,一方有松懈,就将被对方瞬间击溃。

伊东对局重开,大竹七段稳健慎重,苦心孤诣钻研对策。黑棋张扬的力量终于暴发,是在第一百二十九手的"断"。我们惊异于白棋第一百三十手的失算。七段想必毫发无损。倘白棋吃掉右边的黑棋四目,黑棋则可长驱直入踏破中央的白棋领地。七段未"应"白棋的第一百三十手,而把黑棋第一百二十九手"长"到第一百三十一手。名人果然"回粘"白棋第一百三十二手,以应对中央的战事。其实,白棋第一百三十手原本直接应黑棋第一百二十九手就好了。

名人讲评时,叹息道:

"白棋第一百三十手是败着。这一手直接'断'在'十七·九'位上,那才是等待黑棋回应的一步。黑棋倘'应'在'十七·八'位上,白棋第一百三十手就是正确的选择。就是说,黑棋即使接着第一百三十一手'长',白棋也大可不必考虑黑棋'十六·十二'位，却可悠然地防备'十二·十一'位。此外即使看到了什么变化，局势也要比棋谱复杂，所以这是一场十分微妙的争夺赛。黑棋第一百三十三手的强劲一'断'，恰恰给白棋留下了致命伤。后虽力争平息，但狂澜既倒，回天乏术了。"

白棋那决定命运的一手，或许反映出名人在心理或生理上的破绽。白棋的第一百三十手，表面上强劲而老到。在我这个外行看来，处于守势的名人要反攻了。名人像已忍无可忍，暴躁得就要拼死一搏。据说在此之前，白棋若能投出一子"断"黑棋，就将大功告成。而白棋第一百三十手的这一败着，莫非是因大竹七段封盘的那一手而引发名人愤怒的余波？真相如何，不得而知。就连名人自己，恐怕也不了解自己心中的命运波澜或妖魔之风。

名人下出白棋第一百三十手以后，不知从哪儿传来悦耳的尺八①声，使棋盘上的狂澜略微缓和了。名人侧耳倾听，仿佛想起什么似的说：

"从高山俯瞰谷底，瓜儿和茄子花盛开……初学尺八，先要学这个。有一种乐器比尺八少一个洞，叫作竖笛。"

轮到大竹七段执黑棋第一百三十一手时，间遇午休，他专心致志地思考了一小时十五分钟，下午两点曾抓起棋子，又"唉"的一声继续思考，一分钟后好歹落子。

名人看到黑棋第一百三十一手，便挺起胸脯，伸长脖子，

---

①尺八：中国传统乐器，约公元7世纪后半传入日本。

焦躁地敲击着梧桐木火盆的边缘。他目光炯炯地一边扫视着棋盘，一边盘算。

黑棋第一百二十九手"断"，黑棋第一百三十三手再"断"，"叫吃"三目，危及白棋三角地带的另一侧。然后黑棋第一百三十九手连续"叫吃"，强力挺进，终于发生了大竹七段所谓的"惊天动地"的巨大变化。黑棋突入一片白棋领地的中央，我仿佛听见了白棋阵地稀里哗啦的崩塌声。

白棋第一百四十手是直接逃脱呢，还是吃掉旁边的两目黑子呢？名人不停地哗啦啦扇着扇子。

"不懂。像是没救了……看不懂了。"他一味下意识地嘟囔着，"不懂，看不懂啊。"

但这手棋意外地迅速，用时二十八分钟。

过了一会儿，服务生送上了三点的餐食。名人对七段说："吃点蒸寿司吧？"

"我有点儿肚子疼……"

"没准儿寿司能治肚子疼呢……"名人说。

大竹七段看着名人下出的白棋第一百四十手说：

"我以为这就封盘了呢。还有棋？……还劈头盖脸的，真厉害啊。再打下去就累死人了。"

名人一直下到白棋第一百四十四手。轮到黑棋第一百四十五手封盘，大竹七段抓起棋子准备落下，却又陷入沉思。此刻到了暂停时间。七段走到檐廊上准备封盘，名人却一动不动，定定地注视着棋盘。他的下眼睑有点儿发热，有点儿浮肿。伊东对局时，名人则是一个劲儿地看钟表。

◆◆◆◆

"今天能下完的话，就把它下完吧。"

十二月四日早晨，名人对服务生说。上午对局时，对大竹七段也说：

"今天下完这盘棋吧。"七段默默地点了点头。

我作为忠实的观战记者，想到长达半年的棋局将在今日结束，也感觉心情激动。而名人败北，早已是尽人皆知。

虽然时间还是上午，但七段已从棋盘前起身离去。

名人望了望我们，微微一笑道：

"没辙了。已没有落子的地方……"

今天早上，名人不知何时叫来理发师，理了个像和尚头似的短发。住院时留的是长发，还梳了分头，来伊东后又染黑了白发。现在突然理成极短的平头，令人感觉名人有点儿装模作样。但他仿佛涤除了污浊一样，显得光润而年轻。

四日是周日，庭院里绽开了一两朵梅花。周六的访客较多，所以今天将对局室移到了新馆。我经常住在名人邻室。名人的房间在新馆的里首。在他上面二楼的两个房间，前一天晚上住上了棋赛的服务生。就是说，不住进其他客人以保证名人能够安眠。大竹七段原本住在新馆二楼，据说身体欠佳，上下楼梯不便，昨天还是前天搬到了一楼。

新馆面朝正南，庭院宽广，阳光直落在棋盘近旁。等待黑棋第一百四十五手启封的时间里，名人歪起脑袋，紧锁双眉，直视棋盘，一副严阵以待的模样儿。大竹七段想必看到了胜利在望，所以也加快了落子的速度。

进入收官阶段，棋手的紧张程度同布局或盘中时大相径庭，紧张的神经高度敏感，连探身姿势也会加剧紧张气氛。恍若锐利的短刀相接，刀光剑影，智慧的火花迸溅。

若是一般的棋赛，大竹七段最后一分钟可下出百手来穷追猛打。可这盘棋，七段还有六七个小时从容的时间，一旦收官，竞赛的神经就会像顺着急流直泻下去一般，一往无前。他好像在催促自己，不时把手伸入棋盒，又倏忽陷入沉思。名人也一度抓起棋子，犹豫不决。

看到这种收官，令人心旷神怡，有一种秩序井然的美感，恍如灵敏的机械在急速运转，精确的数理在快速换算。虽说是弈战，却以规整的形式展现。目不斜视的棋手更增添了美感。

从黑棋第一百七十七手至白棋第一百八十手左右，大竹七段神情恍惚，仿佛陶醉于自己澎湃高涨的心绪之中。丰满的圆脸，活脱脱一副功德圆满的佛容。或许他已进入艺术的法悦境界，那张脸神圣庄严，无以形容。什么肚子疼之类，早已不在话下。

大竹夫人或因担心，在房间里坐立不安，便抱着桃太郎般漂亮的婴儿到院里一边散步，一边远远地注视着对局室。

海边传来汽笛的长鸣声。停息时，名人落下白棋第一百八十六手，而后突然抬起头来冲着我们和蔼可亲地招呼道：

"空着呢！这里的座位空着呢！"

今日，小野田六段在秋季升段大赛结束后也前来观战，此外还有八幡干事、五井和砂田两位记者，以及东京日日新闻社驻伊东的通讯员等。棋赛的服务生们也聚拢一处，一齐观看临近终盘的棋赛。相邻的另一个房间里摩肩接踵，有的竟站在了隔扇后面。名人招呼大家上近前来观摩。

转眼间，大竹七段的佛容又激奋起来。名人瘦小的身躯安坐于彼，竟显得十分高大，简直能使四周鸦雀无声。他一味盘算着棋局。七段的黑棋第一百九十一手一落，名人便耷拉下脑袋，猛地睁大了眼睛，腿脚前伸。只听见两人急促地扇动扇子的声音。黑棋第一百九十五手落子后，便到了午休时间。

下午，对局室移至旧馆六号室。中午过后天阴起来，乌鸦聒鸣不停。棋盘上方亮起了灯。百瓦的灯泡太亮，用了六十瓦的。棋盘上隐约可见棋子的阴影。最后一天，旅馆主人特别用心地装饰了一番，壁龛挂轴换上了川端玉章的双幅山水，摆件是骑象的佛像，旁边是盛满胡萝卜、黄瓜、西红柿、香菇、鸭儿芹的供品。

我曾听说，像这盘棋这样的大赛临近终盘，杀戮残酷得目不忍睹。可名人却不动声色。光从态度上，根本看不出名人的失败。约莫从第二百手起，名人的脸颊泛了红。他第一次摘下了围巾，情绪激昂起来，却依旧保持着凛然的姿态。黑棋第二百三十七手落子后，名人的情绪平静下来。在这默默无言、胜负已定的瞬间，小野田六段问：

"五目吗？"

"嗯，是五目……"

名人低声道。他抬起略显浮肿的眼睑，已无意复盘清点。终盘是下午两点四十二分。

翌日，名人说完对局者的感想，微笑着进行了复盘。

"当时没有复盘就定为五目……目测是六十八对七十三。实际上一复盘可能会更少一些。"

结果是黑棋五十六目、白棋五十一目，五目之差。因为白棋第一百三十手的败着，所以黑棋攻破了白棋的阵势。谁都没有料到如此结果。白棋在第一百三十手之后，约莫在第一百六十手时，不知不觉疏忽了"十七·十八"先手的"断"，失去了名人所谓的"缩小几分败差"的机会。这样看来，即使白棋有第一百三十手的败着，也可将败差控制在五目以下，也就是三目左右。假如白棋没有第一百三十手的败着，没发生"惊天动地"的巨大变化的话，那么这盘棋的胜负将会如何呢？黑棋会输吗？外行人是看不懂的。我认为黑棋不会输。目睹大竹七段的临场状态与心理准备，我几乎完全相信，即使被白棋吃掉几目，黑棋也必胜无疑。

不过话又说回来，六十五岁的老名人在病痛的折磨下，毕竟下出了一盘好棋。他令现役棋坛第一人的必死绝杀技基本失去了先手之效。名人并未趁势利用黑棋的坏着，也未施展白棋的计谋，而是主动将棋局引至一决胜负的微妙局面。最后或因疾病引发的不安，使他失去了决战的耐性。

"常胜名人"在告别赛上败北。一名弟子说：

"听说先生有如下主张，一般对第二位亦即仅次于自己的人，才会全力以赴地应战。"

不知道名人是否真有此说，但他确实用一生践行了这个信念。

终盘次日，我从伊东返回了镰仓的家，迫不及待地写完了这篇长达六十四回的观战记。仿佛从这盘棋中逃逸出来一样，我去了伊势、京都旅行。

听说名人还在伊东，他体重增加了一公斤多，有四十一公斤了。还听说他携带了二十面磐石到疗养所慰问伤兵病员。昭和十三年（1938）年底，温泉旅馆已开始被用作伤兵病员疗养所。

❖ ❖ ❖ ❖

撰写秀哉名人告别赛的观战记，成为我的一个功绩，日本棋院赠予我初段名义。这源于主办此次围棋大赛的东京日日新闻社（现在的每日新闻社）的斡旋，还有名人和大竹七段的推荐。业余的初段形形色色，也有许多跟我一样是五级的。有人持有异议也是自然，因为其他的初段源自因钻研棋道而提升的技艺，我这个初段来自对观战记的慰劳。

我的观战记是成功的。在昭和十三年（1938）算是较多的版面，报纸上一天刊载我的观战记四百字稿纸的三张半，跟当时连载的小说的刊载量相当。作为一局棋赛的长度，前后六十四回，可谓空前绝后。我那舞文弄墨的观战记，在新闻社举办的棋赛中是毕其功于一役的。一般来说，观战记都是以对局的棋手为主。对我这个围棋外行而言，名人的棋高深莫测，因此我常常会夸张地把棋士看作英雄，而且这样的高调渲染恰恰产生了鼓舞读者之功效。当时的我沉迷于围棋，特别是在名人告别赛观战记的撰稿时期，在新鲜的好奇心和冲动感情的作用下，我的文章也十分生动。十五轮的对弈观战，我竟没有一次缺席。

我一动不动地坐在对局室，专心致志地为名人和大竹七段写生。虽然对局的天数只有十四五天，但是对局日前后与棋手住在同一家旅馆。到棋赛结束历时半年，在此期间，我主动跟棋手建立了十分亲密的关系，尤其是名人，他长我二十五岁，因此我的敬意油然而生。名人败北的棋赛结束后，我对名人仍保持着那般亲切感。

棋赛的讲评结束后，名人感谢新闻社的支持，并且说道：

"对浦上秋男君的悉心关照深表谢意。"他竟特别提到我这个观战记者的名字。看到相关的报道时，我流下了眼泪。

大竹七段拥有一个大家族。他从儿时起师从久保松八段，师傅故去后，便将师母和孩子们带回家中孝养。大竹七段显然是个重情重义之人，即便在观战记刊出十五年后的现在，他仍念念不忘与我的交往。而名人对我那样致谢，让我感觉很意外。告别赛观战期间，我当然毕恭毕敬地守护着名人和七段。棋赛中的棋手处于神经异常亢奋的状态，因此根本无暇顾及旁人的存在。而诸如此类的感触，倒让我感觉特别珍贵。

大凡观战记，都是在棋赛结束后撰写的，因为那样自由且轻松。此次告别赛的观战记却是伴着棋赛的进程撰写后发给新闻社的。这让我感觉痛苦、辛苦。就是说，名人和七段每天都能看到我写的观战记，并且继续着他们的棋赛。在对局日也能看到报上的观战记。名人和七段是我的描写对象，同时又是我的读者。我隔几日便与两人会面，并将两人的行为举止写到观战记中。我必须小心翼翼地下笔，以免惹恼了对局中的棋手。此外我是一个腼腆的人，自己写的文章被人阅读会让我产生羞耻感，因而我害怕见到自己描写的对象。在箱根的宫之下续弈时，我竟然无法在名人和七段下榻的旅馆下笔，于是去了较为便宜的塔泽的旅馆。名人和七段对局期间，从未提及我的观战记，我当然也不会提起。

然而棋赛结束，我的观战记也完稿之后，我虽期待着跟名人再会的日子，但并不焦急。

❖❖❖❖

十二月四日漫长的棋赛结束后，对手大竹七段和服务生们都感觉如释重负，他们迫不及待地各奔西东。唯有败北的名人，还留在对局的旅馆里。我颇觉惊异，并感知到名人无限的孤寂。据说，名人要留在伊东过冬。但是，他的住处由暖香园迁到了松喜。

大正十五年（1926），名人与雁金七段对决后罹患肺炎。所以，名人害怕冬天，常常去热海避寒。即便到了开春时节，从温暖的热海径直返回寒冷的东京也有风险，所以他会在热海和东京的中间温度适宜的汤河原过渡几天。名人跟我说过那般情况，却使用了"中转"一词。

可我也觉得奇怪。伊东比热海要冷，名人为何不转移到热海去呢？说是在热海没有找到适宜的旅馆，令人匪夷所思。要说瘦骨嶙峋，我跟名人可谓"半斤八两"。我在寒冷的冬季，就时不时带着工作去热海。那年岁末，我也去了热海的富士屋，打算元月去伊东拜访名人。

东京日日新闻社的围棋记者砂田在去给名人拜年的途中，

来我的住处相邀，说恰巧名人的弟子亦即坊门的前田六段、村岛五段、高桥四段等四五人，今日会聚于名人的旅馆。

砂田记者和我先行前往名人夫妇的客房恭贺新年，而后加入了二楼坊门的弟子席。酒过一旬，席间热闹起来。我坐了片刻，便溜出酒席回了热海的宿处。门徒们会聚于一处，专门到伊东的名人宿处拜年，还开了新年会。名人却只是木然地瑟缩在寒冷的居室。当时时间尚早。

四五天后的上午十点前后，或是作为回礼，名人夫妇来到热海我的宿处。女佣进来传话说：

"有一位叫田村的客人来访……"

"田村"这个姓我听着陌生，一时间摸不着头脑。若说是"本因坊名人"，我岂不一听就明白？

"一个瘦小的老人，还带着夫人。"

"啊，我知道了，是名人……"

我跟妻子对视了一下，起身迎客。

"有将棋吗？"名人到屋里一落座便问，"下一盘如何？"

"哦。"我有点儿发蒙。

将棋我倒是略知一二，却并不喜欢，也从未与人对弈过。此番可谓中了招，名人一向不接受对手的退缩。在伊东和箱根时不缺对手，自然不会抓我顶差。我想，落两马或出两桂也行。我勉为其难地挪动着棋子，既没有情致，也没有胜负心。对手这般没有斗志，名人却浑然不觉，而且用时良久，一心一意地凝视着棋局。我却于心不忍，感觉对不住名人。

时间总算接近了中午,我请名人夫妇去鳗鱼屋。

"离中午还早着呢,再下一盘吧。"

名人仍未尽兴,可是车来了。

鳗鱼倒是名人爱吃的菜肴。我热情款待,要的都是西山的重箱①。老板娘是个爽快之人,说起话来滔滔不绝。名人受其影响心情颇好,话也多了起来,而且多喝了几盅。

"你大病之后,还是第一次这样喝酒啊。"

名人的夫人看着,有些不安地说。

名人的饭量却很小。菜肴是烤鳗鱼片、烤海胆、鲤鱼酱汤,外加鲶鱼锅。那鲶鱼锅名人只吸了几口汤汁,老板娘觉得遗憾,因为那是她的拿手菜肴。吃饭用了很长时间。名人话多,饭后意犹未尽。

我叫了车,名人却说:

"回程是下坡,走回去吧。"

老板娘也插话说:

"是呢,走回去吧。去来宫吧?五分钟的路程,慢慢走,不碍事的。对吧,先生?……"

"饭后走走,没问题的。坐车多没意思啊。"

我却有些担心,因为名人的心脏不好。

我们决定把名人送到伊东,然后再去南伊豆的下贺茂温泉。在来宫站,名人的夫人和我妻子去买车票,不料妻子从

---

① 重箱:日餐中盛食品用的多层方形木盒,套盒。

检票口小跑到我跟前说：

"名人说买三等车票，行吗？"

"三等吗？行啊……"

妻子已经给名人买了车票，才来问我。

到了站台上楼梯时，名人的夫人在身后帮他提着衣裙。

到了伊东，我们赶忙乘上开往下田的巴士。巴士驶过镇上的五六条街。

"哎呀，你看名人走到那里去了……"妻子惊异地说。

"哪里？哪里？"

"你看啊。那里……不是有两个人在走路吗？"

"哦。"

"走得不慢呢。"

我们从巴士的车窗里示意。

"我真的没有发现。"

巴士追上了名人夫妇。名人一副认真的面孔，小步往前走着，紧抿嘴唇。从车站里不断涌出元月的客流。车辆和人群混杂在一起。繁华的街上，名人的身影异常瘦小。

妻子感慨地说：

"他喜欢走路啊。"

"嗯，这么个小镇，到松喜也用不了几个钱。五角钱？一元？显然是个非常节俭的人啊。"

而从车站走到旅馆，毋宁说风景不同。这对名人这样地位的老人来说，尤其难得。细想起来，那么点距离走两步不算什么,而从车站坐车回旅馆,与其说是顾及温泉旅客的面子,倒不如说是一种习惯。

"可是,名人的腿像枯枝一样。刚才在来宫站,你看到了吗?……"

妻子在巴士上回首,看到名人早已没了踪影,便小声这样说。

"倒是没看到,可我知道啊。"我答道。

"不看,还真是难以想象啊。在来宫站上楼梯时,夫人在身后替名人提起衣裾。真是老了啊,在下面看他上楼梯,那双腿真是瘦骨嶙峋、细如枯枝啊。周围的乘客看着,也是一副吃惊的表情。真像扭曲的鸡腿生着白苔,看着总有一种可怜兮兮的感觉。"

❖ ❖ ❖ ❖

在伊东的松喜旅馆,我们夫妇又一次拜访了名人,也是在去下贺茂的途中顺路。下贺茂建有伊古奈温泉旅馆,我的一个老朋友就在那里招待了吴清源六段和我。那位老朋友和吴六段是我们在富士见的高原疗养所相识的。

吴六段在富士见解说了名人的告别赛。没多久,他就下了高原,与大竹七段进行了"三番赛"。与战胜了"常胜名人"的大竹七段对弈,乃是吴六段病愈后的初次弈战。东京日日新闻社举办了名人告别赛后,又主办了大竹七段和吴六段的新棋赛。名人则应邀担任解说者。观战记第一局由丰岛与志雄撰写,第二局则由我来承担。

第一局是大竹七段执白大胜。而在第一局和第二局的间歇,吴六段和我们夫妇就被邀去了伊古奈。吴六段比我们夫妇早一两天先行抵达。

这天气像是已入二月。午后,我们去了松喜,名人正在居室的一隅喝粥,粥里像放了少许菜末。那板角式火盆有些粗陋,火盆上坐着土锅。这就是名人的午餐,没有其他菜肴。

一楼有一个六叠大的房间和一个二叠大的小房间。一侧是遮雨的檐廊,正对着中庭。中庭是四坪大小的水泥地,四周围着三层建筑的客房。整日里不见阳光,瘆冷的感觉令人恍若身处井底。名人的房子镶嵌着玻璃窗,从窗里窥望水泥地的中庭,像有一个浅水池,里面的锦鲤像冻住了一样静止。沿客厅墙下到檐廊下,像是一处便所。每当听到急促的脚步声,随后就会听到开启便所玻璃门的声响,似乱擦金属般尖利刺耳。而且从玄关过来,房间一个挨着一个。

尽管名人给人可怜兮兮的感觉,但给名人安排此等住处更让人生气。

"住在这里不冷吗?换个向阳的房间不好吗?……"我说。

"哎,二楼倒是有暖和的房间。可他说上楼梯走不动,动一下就心慌，喘不过气来啊。"夫人说明了理由。

"倒不是二楼三楼的问题，年岁大了，离便所那么远，夜里起床，着凉感冒了如何是好啊，对不对啊？我说的是这间房子有问题……"

名人一言不发，仿佛事不关己。诸如此类，一般都是夫人代理。名人并不在意让我们看到他简单的餐食和穷酸的居室。

不知为何，名人兴致颇高地打开了话匣子，开始没完没了地述说往事。将近三个小时，就听他一个人说话。他说年轻的时候浪迹房州，在温泉浴场帮工，开始阶段最难办的是劈柴。据说得窍后便不难，于是到处学习劈柴的方法。据说要放松坐姿，手几乎不动。而那种若无其事的放松，颇有些枯燥无味。名人的话语之中，全然没有成功者的回忆录中的那种矫情。他既不夸耀自己，也不卑微地仰人鼻息。他就像个善良的老头儿，平易近人地侃侃而谈。这自然显露出他独特的气质，粗犷朴实却充满幽默。他的话语中掺杂了像明治二十年代青年人那样的人生冒险经历，给人以亲切的温馨感。名人不厌其烦地述说着在温泉浴场帮工的故事，夫人竟也初次听闻，一副惊讶的表情。

时近傍晚，我们该坐巴士返回了。名人却一再挽留：

"住一晚吧。我接着讲，晚上还有很多更有意思的故事，会给你的小说提供很多素材啊。"

夫人也是两眼放光，听名人津津有味地讲故事。她也觉得我们立刻返回有点儿煞风景。

开往下田的巴士沐浴在夕阳下，我凝视着橙红的大海，懵懂中回味着名人的故事。

名人生于明治七年（1874），十一岁到方圆社学棋，十三岁成为初段。他是塾生。在入塾的前一年，母亲故去。十八岁时父亲也死了。那时，他离开了方圆社，放弃了围棋，因为当时靠围棋生活是困难的。也许是青春的叛逆，他计划成立一个"寻人会合所"，可东京政府却不许可。于是立志赴美发展，却也未能成行。后暂于"周旋屋"做出纳，一度落户房州，还受过平郡东福园僧侣的照拂。翌年十九岁，入本因坊秀荣门下，后成为四段，回归围棋界。三十五岁时，晋升为八段，成为本因坊家的继承人。四十一岁时升为名人。

◆◆◆◆

在伊东听了名人的故事后，我们回到下贺茂的伊古奈，又跟吴清源一起畅叙到那天的深夜。名人和吴清源都是寡言少语之人，那天的吴清源竟也兴致勃勃地说个没完。吴六段的日语不够流利，沉稳老成中不时冒出孩童腔。不过这位年轻的天才，言语中透出清高的气息。我洗耳恭听，名人的往昔逸事余香犹存，又嗅到了吴六段新的清香。

儒教、道教、佛教、神道教、心学等等，多为求道、悟道的话题。他言之凿凿地说着自己信奉的"灵魂不灭与精神之力",给我留下了深刻印象。他问我一流文学家的信奉之道,我不知如何应答,便反问道:

"围棋呢?……要下好围棋,最重要的是什么呢?"

"祛除头脑里的一切杂念。"吴清源答道,"先生写小说,应该也是一样的吧?"

"嗯,怎么说呢,肯定也是同理。不过,小说没有围棋那么纯粹,必然有杂物掺杂其中……"

应答中我是守势。我想起直木三十五临终之前,在报纸上看到秀哉名人和吴清源的棋赛后,思考了大众小说和围棋的纯粹性。

"我羡慕围棋的棋手。"他这样说。

吴六段读过谷崎润一郎和吉屋信子的小说,时不时冒出几句感想。我听了如雷贯耳,实乃出乎意料的尖锐批评。我们一直聊到半夜两点前后,吴六段也惊异于自己的健谈,笑着说道:

"来富士见养病的……却变了味道。心情舒畅啊。"

"围棋也有变化吗?"

"围棋嘛,只有迎战哪。"

翌日带着便当郊游,我们从伊豆半岛南端的石廊岬去了妻良、子浦等地。西风强劲,妻子用披肩包住了头。我们在可以俯望大海的草地低凹处打开了便当。吴六段身着和服,外罩一个坎肩。翻越一座山丘,走了两三里地,他却全无疲态。妻良和子浦是像模型一般海景浓郁的小港。

吴六段跟大竹七段在第一局苦战二百五十目，人都瘦了。来到下贺茂的次日清晨，我们又出了门，一回到旅馆就乐呵呵地聊。吴六段和我每天早晚泡温泉，然后称体重。

"吴兄，体重到十一贯①时，咱得庆祝一下。"我说。

我的体重仅有十贯五百文上下，吴六段也不足十一贯。然而十五六年后的今日，我的体重还是在十贯五百文至十一贯之间浮动。可是，四十岁的吴清源像是已有十三贯。

在伊古奈停留了三四天后，我们先于吴六段回到了热海的富士屋。吴六段说他直接由下贺茂前往在热海对局的旅馆。

◆◆◆◆

二月八日第二局，对局场设在热海的桃山庄。承担解说的名人和撰写观战记的我，都是前一天晚上住进旅馆的。

七日傍晚，大竹七段和吴六段一起受邀赴小菅剑之助的别墅用晚餐。

藤泽库之助五段那时也寄宿在小菅的别墅。因病不能前往现场观战的小菅便请藤泽五段来此为其复盘棋赛。

此番也跟第一局时一样使用小菅的棋盘。我也留有关于

---

① 贯：日本古代重量单位，1贯约合3.75公斤。

这个棋盘的回忆。昭和七年（1932）一月，名人与吴四段在热海的水口园试下了两目，名人用的棋盘背面写着"小菅"二字。那是国民新闻社主办的棋赛，直木三十五提供了许多帮助。我也受邀撰写了简短的观战记。名人和吴少年初次见面。间歇时，名人、吴少年和直木三十五一起去泡温泉。我见过那般情景，傍晚光线阴暗的大池子里雾气蒸腾，三个人瘦得像饿鬼一般。翌日续弈，正观战时接到三宅安子逝世的电话，我即刻返回了东京。说来，大竹七段跟吴六段进行"三番赛"时，正值昭和十四年（1939）冬季，我同样接到电话——冈本花子逝世，于是从热海去了东京。而此番棋赛的解说者名人，也在次年的一月过世。

桃山庄位于热海站后山南面的山腰。从二楼的对局室望得见伊东对面的川奈富士。虽是暖海，但山巅处仍有积雪。

"吴君这一身，焕然一新啊。"盘腿而坐的大竹七段亲切地说。

吴六段今日穿的是带家徽的羽织，上有五曜纹——版印式的十字花纹。吴清源是中国人，衣服上原本没有家徽纹饰。那图案像是模拟了棋盘的网格。

大竹七段执黑，第一手果然是旧布局"小目"。

"哦，大竹君很久不下小目棋了……"吴六段说。

"六年……哦，不，约莫八年了。"大竹七段答道。

"我也是，升了五段之后就没下过小目棋。'三三'倒是有……"

吴六段说着，布下星阵。黑棋第三手还是小目，白棋第四手又打星阵。

"黑棋这般阵势，很少走'二星布阵'对吧？"

"是啊，那是你的阵势。五年前对吧？……记不得执棋用时多久了，反正从经验上讲有点儿那个……"

"嚯，不错的场子啊。"名人进屋便说。

我由此联想到名人在伊东的房间。对局的两人向名人道"早安"。

藤泽五段也来了，比名人略迟。他红光满面的，完全没有大病初愈的样子。他有意坐得离火盆较远，也不用坐垫，像相扑选手一般握着拳头，大口喘气，看年龄约有二十一岁，穿一身素朴的藏青地碎白花纹服饰。

黑棋第五手收于一隅。白棋第六手又在黑小目处"一间高挂"。黑棋则在白棋的下部一"粘"。白棋压制。黑棋看似是普通的一记"定石[1]"，大竹七段却用高目隔断了白棋。

"老师，这一手可谓'定石'吧？"大竹七段回望着名人说。

当然绝非戏谈，名人只是微微地苦笑。

"毕竟还是新手啊。"

"是啊。"名人笑道。

"哇，这一手可没领教过，得好好想想啊。"吴六段半开玩笑地说。

---

[1] "定石"：中文称为"定式"，一般指经棋手长期的经验累积，形成的在某些情况下双方都会依循的固定下法。

"这是'定石'啊。中国也有的。"

"哦,不是新着,中国着吗?厉害,绝着啊……"

接着又下了约莫二十手。大竹七段说:

"六段压得我抬不起头来,服了。"

"七段放水啊。平地绝杀,服了。"吴六段答。

"你俩真是……两个犟鬼。"

"没办法啊。跟大竹先生下棋,总是死掐。"

约莫在白棋第二十二手落子后,名人也时不时歪着脖子,露出诧异的表情。

然而,专业的棋手不会在棋盘旁长时间定定地观望。黄昏时分,观战记者就我一人。五点了——暂停的时间确实是五点,我到邻室八幡干事那里提醒了一下,又急匆匆返回了对弈室。就这么点儿工夫,大竹七段下出了本该封盘的一手。对局者竟完全忘记了时限,记录员好像也没有意识到。

"还以为才三点左右呢。这如何是好?"大竹七段想了想,"吴兄,下一手封盘吧?"

"我来封盘吗?我再下一手,阁下来封盘吧。大竹先生,您有权利封了我这一手。"吴六段谦让说。

这如何是好?于是到邻室请名人和小野田六段定夺。商量的结果,便是吴六段下出一手,由大竹七段下封盘的一手。一来一去,封盘延时约莫一小时。

第二天,罹病的小菅剑之助起身来观战。此人乃将棋的名誉名人,围棋属业余,却也下得一手好棋。但他很少下棋,喜欢观战。即便是聚乐棋席，他也每日必到。就连我等的烂棋，他也看得十分仔细。他是四日市的实业家，冬季来热海的别墅过冬的。

这盘棋下了三天。丰岛与志雄、村松梢风、前田六段、村岛五段、聚乐棋席的赤木三木三段等，会聚于一堂观战。三天都是晴天，热海的海景便充满了春天的气息。

第三天午后，早到的吴六段执白，第四十六手竟思考了五十五分钟。他脸色通红，莫非是疾病留下了病根？他手指细长，用美丽的手掌支着下颚，偌大的耳朵、高高的鼻梁、敏锐的目光，那侧脸像智慧结晶了一般纯粹，光灿照人。但过于纯粹就会给人以柔弱之感。白棋第三十手也是巨大的失误，吴六段陷入了窘境。这期间名人也在身边，全神贯注地观看棋赛。

五点半用晚餐。拉开对局室的隔扇，紫红色的夕晖美不胜收。汤町的暮景尽收眼下。

"啊，说真的，真是一场大战啊……"吴六段说。

血色残留在他的耳垂上。两位棋手好像都忽视了三点送来的餐食，这会儿才突然看到。

"真是一场激战哪。"两人面面相觑。

六点半，棋手又回到棋盘前。下了一个钟头后，即七点半后，吴六段投子认输。

"这下结束了……"

两人在现场草草复盘，述说感想。外加名人的讲评，竟延续了三小时多,直至快十一点。

回到自己的房间,吴六段就躺在了床上。大竹七段却把他叫起来,一起玩放松心情的将棋。大竹七段兴致勃勃。在他的影响下,吴六段也兴奋起来,一边下棋一边欢快地唱起了像是浪花曲①的歌谣。第二天,大竹七段又带着吴六段去了平塚的"大竹七段后援会"。两人是现役双璧,是棋友,又是棋敌。"三番赛"的第一局和第二局都是大竹七段获胜,因此取消了第三局。

对局三天,我一直守在棋盘边,时不时去名人的房间看看他在做什么。某日他又抓住了藤泽五段,下将棋从上午下到半夜三点。第二天一照面,又抓住新的对手开练。这名人真是沉迷于胜负之事,在箱根、伊东皆乐此不疲。名人这样的高人,竟也接受了讲评之职。然而,告别赛失利后便不会再有棋赛,所以眼下只是以退役的名人身份发挥余热罢了。我感到寂寞。在年轻人风光无限的棋赛旁,我不忍目睹名人的凄凉神色。

❖ ❖ ❖ ❖

我从桃山庄回到镰仓的家中后,未能再去伊东拜访名人。

---

①浪花曲:一种三弦伴奏的民间说唱歌曲。

秋季的升段大赛期间，我又去日本棋院观摩。名人也来了，见面只是简短的问候。本想着到了冬天，还有机会去温泉旅馆慢慢叙旧。

然而翌年一月七日，名人却来了镰仓。夫人的弟弟高桥四段，在镰仓和田塚的自己家中开授围棋班。我也时不时参加学习。元月的练棋典礼，名人也出席了。他还带来了内弟、同门弟子前田六段和村岛五段，并亲自下了两局练习棋。

名人几乎已捏不住棋子，棋子动辄顺着指头缝无声无息地滑落。在第二局的四目棋中，他不时耸动着肩膀喘气，眼神也有点儿恍惚。旁人或许并未察觉，而我因为目睹了名人在箱根对局时的痛苦，所以更加感觉心痛。我悲痛地想起了名人当时的病痛。这里的棋赛不过是业余对手的练习，没必要太认真，名人却一丝不苟，同样沉浸在忘我的境界之中。此刻我看到了名人的真性情。

对手是坂内顺荣初段，不过是东京日日新闻社选拔的业余参赛者。虽说是业余初段，但比我等也要强过三目。下到盘中才见功力。白棋的中部发生溃败，即便是像我们这样的外行，也看出名人要败了。黑棋第三十手时，高桥四段说：

"老师，吃饭时间到了。我们就下到这里吧……"

名人却没有马上站起来，他神态恍恍惚惚。

参会者有二十余人。去海滨酒店用晚餐，我上楼梯时问高桥四段：

"黑棋像很占优势吧？"

"嗯，黑棋赢了。黑棋确实更坚实，白棋已无力回天。"他干脆地答道，"名人真是恍恍惚惚啊，脆弱不堪。告别赛之后，明显衰老了。"

"好像突然间衰老了啊。"

"没有精神。如今完全变成了一个老头儿……告别赛若是赢了，想必就不会这样。"他的语气像亲兄弟一般亲切。

"啊。"

我只是"啊"了一声。

然而我做梦都没有想到，七日的这场练习棋竟是名人的最后一盘棋。坂内初段靠着这盘棋，不久拿到了二段证书。

和田塚离海滨酒店几步远。而镰仓的寒风凛冽，近海的松林呼啸着。面对着餐桌上的西式餐食，名人的心情颇佳。棋会的工作人员给名人预订了酒店的客房。

"夜里风寒，晚上就别回世田谷了……感冒就麻烦了。今晚务必就住在这里吧……"我热心地跟名人说。

"嗯，说的是啊。就住在这里吧。"名人对夫人小声说。

"不行啊。你明天不是有事吗？忘了可就麻烦了啊。你不是约了会见客人的吗？走吧，别误了车。失礼了……"

夫人硬是把名人拉走了。名人还是恍恍惚惚地发愣。

送到玄关，我说了一句：

"什么时候，热海再见吧。"

"啊，他也愿意有人说话呢，期待下次啊。我们十五日就会去的，宿处是鳞屋。"

"那我一定先去,在聚乐棋席恭候。"

◆ ◆ ◆ ◆

聚乐棋席是围棋同好常去的处所。每年元月,围棋客相聚于此。棋席栏间悬挂着秀哉名人的匾额,我下着棋,仰望匾额,衷心期待着名人抵达热海。

十五日我对妻子说:

"名人今日应该到了鳞屋。坐火车,今天累了,明天再给他打电话吧。"

第二天,热海却少有地纷纷扬扬飘起了雪花,十分寒冷。过了中午,妻子试着往鳞屋那边打电话。

"真的,昨天就到了呢……夫人出门了,说让一会儿过来吧。"妻子手持电话,回头对我说。

"啊,今天太冷了。找个暖和的日子过去……那样也好,对吧?名人怕冷呀……"

"今天太冷了啊,找个暖和的日子过去。……啊,谢谢。"妻子又转过头来对我说,"先生说他不在意,方便的话,请我们过去呢……说正高高兴兴等着我们呢。"

"那好,我们这就过去吧。"

我让妻子在电话中快点儿回话。

"过去就是问候一下,坐一会儿就回来。"

从聚乐跨过一条马路就是鳞屋。在旅馆间的小路上妻子问:

"名人为何要住在鳞屋呢?"

"是啊。略微便宜一点儿?名人在住店方面好像很节俭呢。"

我想起了去年名人在伊东的住所。

不过,鳞屋的玄关直通檐廊,顶靠里便是八叠和四叠半大的角屋。透过镶着玻璃的隔扇,望得见大海。

"这真是不错的客房啊。"我对名人说。

"舟桥君住过的客房啊。"我看了妻子一眼对夫人说道,"舟桥圣一是小说家,我的朋友。每次就住这间客房。我们上次来玩也住过的啊。"

"是吗?幸亏今年这房间暖和……"夫人说。

"先生怎么样?坐火车一定累坏了吧?"

"哦。"

名人只是"哦"了一声。夫人接过了话头:

"啊,谢谢了啊。出发前想问问医生,于是去了医院,所以晚到了一天。医生说热海很近的,没有什么问题。我又担心路上坐车劳累。好歹平安到达,安心了。"

听夫人说起,真是担惊受怕。

"昨天两点出了家门,三点几分上了去热海的火车,一路顺畅。可出了横滨,他就嚷嚷着屁股疼。真是不好意思。一坐下,不就挨着臀部的骨头吗?大腿瘦得屁股上都没肉了。

早先相当长时间的旅行,他都没嚷嚷过屁股痛,看来真的是骨瘦如柴了,身体瘦弱便没了忍耐力。看着他可怜兮兮的样子啊,我便把自己的披肩垫在他的屁股下,让他坐在上面。他才说:'啊,舒服了。'就那样到了热海,没再喊疼。年纪大了,各种毛病就出来,真是烦人啊。"

"骑马久了变桃尻。"名人嘟囔道。

夫人又转回圣路加医院的话题。她说令她更加不安的是诊察的结果不够清晰,但又不好刨根问底。

夫人提到我写的告别赛观战记,其中写到名人的长眉毛有长寿相。她说名人为了来热海,十二日便叫来了理发师,让千万别把自己的寿眉剃掉了。

等夫人说完话,名人便自己把将棋盘放在了膝前。

"来吧,下一盘吧。"

我比去年在富士屋的时候更加感觉困惑。

"今天就免了吧。就住在附近,改日再来。况且先生也路途劳顿……"

"不打紧。今天不急不忙地下一盘吧。"

名人静静地开始摆棋,我便无处逃匿。本来就不喜欢将棋,加之担心名人的健康,所以我心中很是无奈。好在只是一盘,我心里想着快点儿输棋,名人却全神贯注。

第二局下了一半,夫人去檐廊喊女佣,想必是要让人给我们送来晚餐。总算到了收尾阶段,我心急如焚地表示该回去了。名人却说:

"哎，急什么呀，好久不见了，多待一会儿嘛。一起用餐吧。"

"是啊，已经跟旅馆打过招呼，都准备好了啊。好不容易来一趟，请一定用餐后再……"夫人也这样劝说道。

我却毫不迟疑地起身告辞。

名人送到房间外，我们急忙阻止道：

"外面很冷，请回吧……请留步吧。"

黄昏的檐廊一派寂静，异常寒冷。

我回首望了望不远处的"汤船"①。

"这里的温泉水很热吧……"

"哦，他很少泡温泉呢。心脏不好……偶尔去一次，也是我双手抱着他的腋下，下到池子里小泡一会儿罢了。"

"我听舟桥君说过，这里的温泉很有名啊，服务周到，水温适宜，调温时就让客人在一边候着。"

富士屋旅馆里也有这般顽固的"汤番"②。

名人夫妇一直送我们到寂冷宽敞的玄关处。我三两下系上了鞋带。

"谢谢，谢谢，请多加保重！暖和的日子，邀您去竹叶③。"

"今晚太冷了，先生快回去休息吧。屋里暖和……"妻子也说。

---

①"汤船"：日本江户时代的浴池。
②"汤番"：在温泉浴池里为客人调水温的侍者。
③竹叶：日本有名的温泉旅馆。

玄关的玻璃门拉上了。我回头一望，名人还站在那里。我们鞠躬示意。在旅馆之间的小路上，雪花飞舞，名人给我留下的永生难忘的余香也是寒冷的。

　　这是与名人的永别。当天夜里，他就病危了。第三天凌晨，高桥四段的电话搅醒了我们的睡梦——名人逝世。

(魏大海　译)

花のワルツ　はなのワルツ
名人　めいじん

上架建议：日本文学・小说・畅销
ISBN 978-7-5736-0494-1

9787573604941

定价：45.00元